玫瑰是沒有理由的開放

走近現代詩的40條小徑

廖偉棠——著

The Rose
is without an
explanation...

美感是一種肉體的感受，一種我們全身的感受。它不是某種判斷的結果，不是按照某種規矩所得的結論。要麼我們感受到美，要麼感受不到。

我想引用一位詩人的佳句。他是十七世紀的德語詩人，名字奇怪卻帶有詩意，他叫安傑勒斯・西萊修斯（Angelus Silesius）。我用他的一句詩來總結，那是我已經通過講道理或者假裝講道理闡述的：

玫瑰是沒有理由的開放。

——波赫士〈關於詩歌的演講〉（陳泉譯）

目次

自序

把「詩」這個漢字拆開，左邊是言，右邊是寺，詩人就是個用語言去建造寺廟的建築工人。這個寺廟供奉的是何方神靈呢？

詩人，好像從事的是人類工作當中最浪漫的一種，但同時，大多數人聽到我介紹自己是個詩人時，心裡想的肯定都不是這個。

詩已經讓他們難以理解，新詩就更加莫名其妙了。我常常聽到許多對新詩的質疑，比如說：你的詩都不押韻，這叫詩嗎？你把散文分行了，就能說是詩嗎？你寫得這麼難懂，是讓我們猜謎，還是壓根兒想故弄玄虛呢？我們當代詩人遭遇的這種質疑，比一百多年前開創新詩的胡適他們還要多。

「新詩」誕生超過一百年，我們都知道胡適、徐志摩、戴望舒這些早期著名的新詩詩人，都知道〈人間四月天〉、〈再別康橋〉、〈面朝大海，春暖花開〉這些名篇，為什麼人們還是對新詩感到陌生呢？

詩意，並不是一個固定的概念，不是大學教科書能解釋清楚的。新詩的詩意在哪裡？眾說紛紜。有民間的立場，有學院的立場，有各種各樣流派對詩意的定義。

詩意是一個有機的、生長的概念，不是個絕對的東西。它的語義、範圍一直都在變，每一個詩人也都會嘗試去重新定義詩意。尤其是過去的一個世紀，經過新詩的努力，詩意的可能性已大幅拓展，而且它以文學中的前衛地位挑戰著文學的界限。詩意早已不是「枯藤老樹昏鴉」、「斷腸人在天涯」。

月亮是很有詩意的東西。關於月亮的詩意，過去，在中文詩的領域裡一直被認為是李白的領地，至少佔了一大塊，說到月亮、月亮詩，馬上會想到李白。另外是蘇軾這些古代比較浪漫的詩人，他們又佔了一部分，剩給新詩詩人的地盤可以說非常少。但是，新詩詩人有NASA、有登月計畫、有天文望遠鏡，我們能看到李白看不到的月亮，它的環形山，它的寧靜海，它的背面，它像玻璃一樣的沙子，它的低重力等等，這些其實都帶有詩意。這種新的詩意，李白沒有機會接觸到。靠新的詩意的開拓，我們就能夠跟李白們搶一些詩的地盤。

我自己就寫過關於月亮的詩〈超級月〉。

不波動父親
我掙扎我是澌凍的潮汐
遙想著我曾經水手的父親

超級月波動所有的雌性
不波動雄性
我悲哀我是銀亮的桂樹
靜對一把銀亮的斧斤

超級月波動所有的異鄉
不波動故鄉
我若成舟我將無處綁纜
我將成舟我竟刻痕滿身

這首詩試圖連接的是科學和傳統的詩意。「超級月」是網絡時代出現的名詞，月亮的引力會牽動地球的潮汐，對女性情緒比對男性影響更大，這些都是當代的醫學發現，是李白所不知的。但我這首詩所書寫的，又是最傳統的親情、鄉愁，這些本來已經被古人寫爛了的主題。

我用現代的、科學的方式去重新接近這個主題，最後把這首詩拉回到吳剛伐桂、莊子「泛若不繫之舟」，還有成語刻舟求劍這個典故裡。但是我已經創造性地顛覆了這幾個典故，使它們跟現代人在城市裡走投無路的情緒相呼應。這就是我希望這本重整自系列講座內容的文字，能分享給讀者的詩意。

杜甫說過「不薄今人愛古人」。詩應該是寬容的，至少我期待它更加寬容，接納更多讀者去愛它。我從自己的喜好出發，挑選喜歡的幾十首傑出詩作，包括周夢蝶的〈善哉十行〉、瘂弦的〈乞丐〉、北島的〈一切〉、張棗的〈鏡中〉、余秀華的〈我養的狗叫小巫〉等名作。再以十個最常見的對新詩的質疑來展開，來拉近讀者跟新詩之間的距離。再分別用二十個層面、四十講去解剖，所謂的現代詩意從哪裡來？它是怎樣的存在？它將寫詩的人和讀詩的人帶向怎樣的境界？

讀過這幾十首詩，掃除了對新詩的疑慮或偏見之外，也許不會變成詩人，每個人都變成詩人並不是好事。寫了四萬三千首詩的乾隆皇帝，或是「文革」後期天津一個叫小靳莊的村莊，那裡的人每天都寫詩、賽詩——詩的泛濫，有時會變得令人毛骨悚然。

不寫詩，卻能成為心中有詩、發現城市有詩意的人。

我的好朋友、優秀的漢語詩人黃燦然，他就用自己的詩，表現出發現城市詩意的狀態是怎樣來的，他這首詩叫〈全是世界，全是物質〉。

世界全是詩，物質全是詩，
從我睜開眼睛的那一刻起，
我的赤裸是詩，窗簾飄動是詩，
我妻子上班前的身體是詩，
我上班前穿衣服穿襪子穿鞋時
小狗小小的不安是詩，
我對她的愛和憐憫是詩，
我來到街上是詩，水果檔是詩，
菜市場是詩，茶餐廳是詩，
小巷新開的補習社是詩，
我邊走邊想起女兒是詩，
路上比我窮苦的人是詩，

他們手中的工具是詩，
他們眼裡的憂傷是詩，
白雲是詩，太古城是詩，
太古城的小公園是詩，
小公園躺著菲傭是詩，
她們不在時是詩，她們在的地方是詩，
上班是詩，上班的人群是詩，
巴士站排隊的乘客是詩，
我加入他們的行列是詩，
被男人和女人顧盼的年輕母親
和手裡牽著的小男孩小女孩是詩，
巴士是詩，巴士以弧形駛上高速公路是詩，
高速公路是詩，從車窗望出去的九龍半島是詩，
鯉魚門是詩，維多利亞港是詩，
銅鑼灣避風塘是詩，漁船游艇是詩，
我下車是詩，在紅綠燈前用生硬的廣東話

跟我打招呼的那位叫賈長老的白人傳教士是詩，
他信主得救是詩，我沒信主也得救是詩，
不信主不得或得救是詩，
太陽下一切是詩，陰天下一切是詩，
全是詩。
而我的詩一頁頁一行行
全是世界，全是物質。

香港這個世界上最物質主義的城市，經常被媒體笑話是文化沙漠的地方，卻給詩人黃燦然提供了那麼多詩意。歸根到底，在於詩人能用眼睛發現，詩人透過行走帶給他的體驗，這些都在他用筆去寫詩之前，而詩就揭示了這個世界原本所具有的神奇。反過來說，這是被發現的神奇，是我們日常生活的點金術，它讓生活變得豐盛，變得帶有魔力。在這個世界上，很多人終日營營役役，並不知道自己就是詩。而詩人黃燦然像個自戀的造物主，到處去指點，指出這是詩、那也是詩，指出每一個上班的人、每一個平凡、平庸的人，身上都帶著詩的元素、詩的因子。

這首詩的神奇之處在於，慢慢地，詩人承認了自己是個手工業者一樣的身份，他不但把這些平凡的人提升到詩人的地位，同時又把自己從神秘的詩人地位還原，到跟所有身邊這些努力去製造世界物質的人一樣的地位上去。

他其實是用詩去回報這個世界的饋贈，不多也不少。這首詩和這個城市是平起平坐的，是平等平衡的。這也是我對詩的態度。詩意不是狂飆突進，不是浪漫得一塌糊塗的，也不是犬儒、保守，用五百個常用字去寫身邊一地雞毛一樣的生活。

詩人與詩，不卑不亢，就像黃燦然一樣，他們陪伴著你一起前行在這個充滿矛盾的世界裡，一起用那些最精確、最優美或者說最獨特的字眼，去保存、去珍藏這個變幻莫測的世界裡那些不變的東西。那是什麼東西呢？可能是我們基因裡就存在著對所謂詩意的呼應，也許是我們心靈中最脆弱的最敏感的一塊地。

通過這種書寫、保存、傳送，最後也許能得出屬於我們自己的、同時又開放的對詩的定義。最後更希望透過此書，我可以像詩人里爾克所說的那樣，能夠「建立起一座廟宇，在你們的聽覺深處」。

1 新詩與古詩，親密有間

新詩和古詩水火不容嗎？

愛讀古詩的人覺得新詩太沒有音樂性；愛讀新詩的人看古詩認為太過迂腐。

古詩裡有實驗，新詩裡也有幽情。以周夢蝶的〈善哉十行〉為例，聊聊新詩如何復活古意。

我想你肯定是基於一種對詩、對美的愛打開此書，那麼，我們就從愛說起。有的愛令人寬大，有的愛令人狹隘，但很不幸，作為一個新詩寫作者，我經常感受到愛古詩的那些人，出於對古詩的愛，對我懷抱質疑的態度，甚至帶有某種恨。他們覺得古詩已經是完美、至高無上的，一提到古詩就沉醉得一塌糊塗，恨不得背出《全唐詩》來。但一提到新詩，就一臉不屑，覺得多讀幾句都會玷污他們對詩的想像。

這揚古抑今的態度，不但在民間的詩詞愛好者裡常見，有時候在某些知識份子或研究古典文學的教授所寫的文章裡，也常常流露。前兩年，我看到過一篇文章〈詩歌是個人朝聖，與集體無關〉。按理說是一篇很專業的文章，但裡面也夾雜著一兩句對新詩的偏見誤解。

比如他說：「在我看來，首先詩歌應當具有音樂性，要能背誦。現代詩大多是分行散文，只能看不能讀。」這兩句話很能代表公眾對新詩的偏見誤解。

其實新詩和古詩，尤其是好的古詩和好的新詩，真的這麼水火不相容嗎？歸根到底，這是兩邊讀者的愛所導致的。愛讀新詩的人，總覺得舊詩太陳腐，舊詩離我們太遙遠了；愛讀古詩的人總覺得新詩太新了，這麼新的東西怎麼可能沉澱出詩意，怎麼能令人發思古之幽情、意在言外等等。雙方面都有誤解。

我經常在一些古詩裡讀出非常強烈的實驗性、先鋒性，當然，也在很多新詩裡讀出它們是怎樣跟古詩相通，而且除了相通，還為古詩「招魂」，讓古詩翻出新意。拿公認最像古人的新詩詩人周夢蝶先生為例好了。

周夢蝶是當代詩人，但是所有見過他的人都感覺他就是傳說中的那種仙風道骨、相貌奇古之人，舉手投足像個從桃花源裡走出來的人物，當然，他的詩更加是，他跟古代、古詩是親密無間的。不，我說錯了，是親密，但不是無間。

那個「間」是什麼？間就是新詩特有的一種疏離。在新詩裡面，疏離是一種技巧，疏離可能來自現代主義、存在主義、荒誕派等等，是詩歌本身的一種讓人拓展想像力的途徑。意象與意象之間，句子與句子之間，越是跳躍得大、疏離得狠，留給讀者的想像空間就越大。這就是新詩的魅力所在。

周夢蝶先生恰恰讀到了古詩裡的疏離感，再以新詩裡一個現代人在現代生活裡所觸碰到的疏離去呼應之。正是這種親密中的間隙，讓他接通了古詩當中的現代性，從而讓古詩復活，且是非常活潑地復活。

我很喜歡他的一首晚期詩作〈善哉十行〉：

人遠天涯遠？若欲相見
即得相見。善哉善哉你說
你心裡有綠色
出門便是草。
乃至你說
若欲相見，更不勞流螢提燈引路
不須於蕉窗下久立

不須於前庭以玉釵敲砌竹
若欲相見，只須於悄無人處呼名，乃至
只須於心頭一跳一熱，微微
微微微微一熱一跳一熱

這首詩為什麼那麼打動我？確實跟古代有關係，詩裡出現大量古代詩詞、戲曲裡的那些場景，「蕉窗下久立」「前庭玉釵敲砌竹」，周夢蝶強調的是「不勞」「不須」，他要講的是不用古典詞藻我們也能通古。

他通的「古」是什麼？熟識古典的人，應該會從這首詩想到《論語》裡的一句名言，「唐棣之華，偏其反而。豈不爾思，室是遠而。子曰：未之思也，夫何遠之有？」就是說，唐棣樹開的花翩翩地飛舞著，在風中翻過來翻過去，我難道不想念你嗎？只是我家離你太遠了。但孔子非常幽默，他反將此一軍，好像在笑話這首詩的作者一樣，他說：哪裡遠？明明是你壓根不想，沒有真正地想念對方，你要是真的想她，她馬上就出現在你眼前，在你腦海裡，在你心裡，哪裡有什麼遠不遠？

多麼可愛的一個孔子，跟我們想像的那個老夫子、那個「聖人」是兩回事。周夢蝶也是這麼一個可愛的人，不要看他仙風道骨，一個老人家，詩裡面充滿孩子氣的天真，充滿了真誠。但他難道是只用這首新詩去演繹孔子這麼有名的一句話嗎？並不是。

我們還要留意他的某一些很不舊詩的細節。他說「你心裡有綠色，出門便是草」，這句非常特別。在古詩裡面經常出現類似的情景，是「苔痕上階綠，草色入簾青」這樣的句子，是先有自然再有心象的。所謂的意境，就是看到一個境，才生出心裡的意。草地、青草、樹木等等先存在了，詩人才可以說自己心裡有綠色。

但周夢蝶先生說，不一定，我心裡有了綠色，我看到哪裡都是青草，哪裡都是綠色。這簡直可以讓人想像一個電腦動畫一樣的場面：周夢蝶先生坐在家裡，心裡想到綠色，然後他一推門，綠色就哇啦啦地從他的門向四周蔓延，遍地遍野都是青草了。這就是新詩的主動性和舊詩的被動性之間的差異，主動性反而更加貼合孔子所需求的那種「之思」，你要去主動去思念，然後才能逾越這種遙遠的距離。

接下來很不像舊詩的，就是音樂性。「心頭一跳一熱，微微微微一熱一跳一熱」，這裡有個節奏，這個節奏很簡單，也很複雜。簡單在於，它模擬的就是心跳的節奏，一跳一熱、一跳一躍這種，而複雜在於這裡有一種婉曲——他心跳了，又想壓抑它，但又壓抑不住，所以才有中間這個微微停頓，然後慢慢又跳起來了。你可以說這是一種思念，一種愛，也可以說是老年人的一種克制。一個老年人，他無論怎麼克制，他還是心腸熱的。

你能從裡面聽出那些否定新詩的人所說的音樂性？讀讀一首好的新詩，就能證明新詩的音樂性不是少了，而是多了。新詩沒有格律，恰恰解放了它的音樂性，沒有界限，就意味著無窮的可能性。過分地強調格律詩和詩歌押韻裡機械的、表面上的音樂性時，我們怎麼能超越音樂本身呢？因為詩歌無論怎樣追求音樂性，都無法跟音樂本身相提並論。正是因為對所謂音樂性的不滿，才有了詩的發展。

你看，以上的解讀裡，是不是存在大量需要調動想像力的情況？甚至你要想像自己在拍一部電影，把你看到的文字、看到的詩句，像看劇本一樣使用，你是導演，把它在你的腦海裡重現出來，才能夠把這些跳躍的、巨大的句子透過蒙太奇手法，連成一部電影。

讀舊體詩，難道不需要這種想像力嗎？閱讀杜甫、李商隱、吳文英這些以實驗性著名的詩人，更加需要想像力，一種積極的想像力。閱讀新詩不過是把這種想像力承接過來，更加調動起來。越是讀挑戰性大的詩，越能在讀通它，讀到它的妙處時，得到更大的閱讀愉悅。

2 新詩的仁者愛己，而後愛人

新詩以現代方式復活古意，通過散文口語化的方式處理古詩裡任重道遠的主題。

以西西的〈熱水爐〉為例說明新詩裡對於「愛人」的理解。關於「我的夢想」，西西小朋友說她要做一個熱水爐，這樣就能讓所有的一切都暖暖的。

繼續來說說新詩與舊詩是否真的水火不相容。

前一篇介紹新詩中那些以現代的方式復活古意的詩，比方周夢蝶的〈善哉十行〉，但新詩與古詩的關聯還不止如此。在新詩裡還有一類詩，它們是以完全散文化、口語化的形式，去處理那些在古詩裡往往是任重道遠式的主題。

關於詩和散文之間的界限，有一位神人廢名早就說過，古詩多數是散文的內容包裝以詩的形式，而新詩，是用散文的形式去承載詩的內容。這兩者的區別在什麼地方呢？其實大多數的古詩，如果我們剔除表面華麗的詞藻、平仄押韻的講究，就是日記，就是應酬，只不過經過幾千年的發展，把文字雕琢得珠光寶氣、琳琅滿目。

當然，那些真正的大詩人例外。但即使是真正的大詩人，就像杜甫、李白，也有的是這一種，他拿手到擒來的詩的語言，去包裝某些相當乏味的題材，送別、應酬，某些也許根本沒有深刻感情的人和事。

為什麼說新詩是要用散文的形式去承載詩的內容？那就是一種更高的要求，意味著我們對世界萬物的洞察裡，本身就應該包含著一種詩意，並且用散文的方式去書寫那詩意。這個散文的形式，不但沒有削弱詩意，反而能夠讓我們讀者更好地去親近這種詩意，並且在貌似沒有詩意的文字之中得到一種頓悟。

古詩一直有一個傳統說「詩言志」，詩以言志，很難不沉重起來，尤其在我們的民族命運裡。新詩則不然，新詩的形式比較靈活，它言志的方式更加靈活。我們不妨看看一個更極端的例子，跟周夢蝶可能完全相反的一種寫作方式。這首詩是西西寫的〈熱水爐〉。

媽媽問我長大了

希望做什麼
我說我想做熱水爐

做了熱水爐
可以讓媽媽
用手輕輕按一下掣
就有熱水
洗臉
洗碗
又容易
清潔廚房的磁磚

做了
熱水爐後
我又可以常常
煮大頭魚

給媽媽吃

我希望
到我十歲時
我就是個
十立方呎的熱水爐
十二歲
就是
十二立方呎的熱水爐

我並且要和別的
大大小小的熱水爐
做朋友
一起做一點事情
譬如
讓所有的小孩子

都有熱水
洗澡

所有的媽媽
有熱水洗衣服

我們還要
煮許多雞蛋
玉蜀黍
冰花白糖糕
每個人都有得吃

如果冬天到了
我們這些熱水爐
要全部去幫忙
把冰凍融化

叫小河
泥路和鳥巢
玻璃窗
鬥雞眼貓
水龍頭和蔥
大拇指和腳趾
都可以

暖暖地
暖暖地
睡覺

媽媽很高興
媽媽說
長大了

就做熱水爐吧

這首詩簡直有點像是在麥兜動畫裡截取出來的，像傻乎乎的、又非常熱心幫人的麥兜小朋友跟他媽媽麥太的對話，麥太已經瞓了，又被自己這麼可愛的孩子所感動，然後就說：那好吧好吧，你去做熱水爐吧。

其實這首詩模仿的是，我們小時候最常被要求寫的文章就是〈我的理想〉。當然老師期待你寫我要做科學家、我要做教育家，我要做這個家那個家，最不濟你也要說我長大要當個老師。

但是我們頑皮的西西小朋友，她說我長大了要做一個熱水器。熱水爐就是香港對熱水器的稱呼。那是怎麼樣的一種童心呢？實際上如果你是有小朋友的一個家長的話，或者說你能記起自己小時候的話，你真的很可能會說自己想做一輛汽車，想做一個機器人，想做一盞燈，甚至想做一個根本沒有什麼象徵意義的事物。

當然，詩人畢竟是詩人，她像小朋友一樣隨口說出了要做一個熱水爐的時候，她就開始想我為什麼要做一個熱水爐。其實西西是以香港的魔幻現實主義小說家成名的。一般的理解，她是很西化、很現代派的一位香港作家，但她寫詩的時候卻分外的孩子氣，而且這種孩子氣我也可以說是一種赤子之心。

赤子之心，那是古代儒家就很強調的東西，只不過那些大人反反覆覆說赤子之心，其實早就把這赤子之心不知道拋到哪裡去了。在這首詩裡面，我看到她跟儒家的相同之處。那就好玩了，一首這麼口語化甚至是活蹦亂跳的詩，怎麼會跟我們想像中那種道貌岸然的儒家會有相通之處呢？

其實這就是詩人的奇妙。她通過這首詩，讓我們發現儒家當中是具有現代詩意的，也可以說現代詩當中的愛復活了儒家中的仁。仁者愛人，仁者是很強調愛的，而且他是去愛其他的人，他具有豐富的同理心，會去想像其他人遭遇跟自己同樣的，甚至比自己更不幸的景況的時候，應該怎麼辦。

受儒家影響的詩人，比如說陶淵明，就寫過這麼一句話，「此亦人子也，可善遇之」，這是在他寫給他兒子的一封信裡提到的。那是怎樣的場景呢？就是他送了一個僕人去幫兒子幹活，特意叮嚀，這個僕人也是別人的兒子，就像你是我的兒子一樣，你應該像我對你一樣去好好地對待他，因為他也是有媽媽、有爸爸生的。其實這也是在闡釋著孟子那種「幼吾幼以及人之幼」的精神。

不過我還是覺得遺憾，陶淵明還是板起面孔寫什麼「命子」「責子」「示兒」，多少還是一本正經地期待或者不期待也好，自己的兒子能夠完成儒家的使命，去成為儒家所期待的修身齊家治國平天下，至少也是立德立言的一個人。

西西是從孩子的角度去寫這樣一種精神，這就是決定性的瞬間。她沒有從媽媽的角度，就是純粹從孩子的角度，她不像陶淵明那樣，從成人的角度要求自己的孩子有赤子之心，她直接就是赤子之心本身。

她用孩子的童心去推己及人。我們整首詩看下來，她先從自己的媽媽，然後延伸到別人家的孩子、別人家的媽媽，最後甚至延伸到地球萬物。一條小河，一隻小動物，她都想要用自己的熱水去灌溉，去幫助它。這又是一種超越傳統的人類中心主義的想法，她不是先立了人，然後兼治天下，而是很樸素地直接思索，人和這些河流、泥土、鳥獸、萬物是平等的。這又跟六〇年代西方的生態主義思想是相呼應的。

這樣的詩意拓展，我想就算是給小孩子去聽，他也能聽懂。這難道不就是我們古時人很期待的、很推崇的所謂的詩教嗎？而且西西可能比很多古詩人做的還要成功。

除了這種詩歌內核裡的古今相通以外，還有很多從技術層面上去繼承和變化古詩美的，比如我接下來要講到的卞之琳、張棗這些詩人，一起來看看他們是怎樣復活乃至於把古詩的美變出更多花樣來的。

3 藏起來的音樂

——在詩情的抑揚頓挫裡

人們對於新詩的第二個誤會，是新詩不押韻。音樂性是詩歌很重要的一部分，古詩靠韻腳、對仗，新詩靠詩情。本文將以台灣詩人瘂弦的〈乞丐〉為例，介紹詩人如何在錯落有致的意象裡塞進一代人的流浪之歌。

我繼續來釐清一些誤解，關於新詩的誤解最常見的一句，普通人也會掛在嘴邊來挑釁的話：新詩不押韻，那還叫詩嗎？

押韻、音樂性這些概念，其實在舊詩的發展中已有很多改變，到新詩就更加不成問題了，但是大家還是隨意地就拿這點來質疑新詩。

我想問，古詩的音韻跟現在大家習慣用的「普通話」發音距離有多遠？有幾個古詩詞愛好者能唱出一首本來可以吟唱的詩詞？既然古詩都不能做到，為什麼用這麼固化保守的音樂觀來要求新詩？

戴著鐐銬跳舞嗎？

新詩到底有沒有音樂性，在上個世紀三十年代就分出了兩派看法，音樂性當然是詩歌很重要的一部分，否則我們也不會習慣性地稱「詩歌」了。然而怎樣在新詩裡變化出舊詩不及的音樂性？

一九三〇年代，新月派的徐志摩、聞一多，他們開始做實驗，強調詩歌既要有建築性，又要有音樂性。發展到卞之琳、林庚、吳興華，這群極致的新格律實驗者，他們試圖汲取東西兩方的格律詩傳統。

比如卞之琳，他直接從莎士比亞十四行體裡學習節奏，強調一種叫作「音步」的概念，就是聲音是有它的節奏步伐的，用這個來營造每一個句子的頓挫，還有揚抑。他想從白話上復活文言詩那種對形式的追求，當然又是借鑒了西方傳統詩歌的這種格律，兩種格律加在一起，他們發明了一個很好的形容，叫作「戴著鐐銬跳舞」。

他們把格律稱之為詩歌的鐐銬，是半開玩笑的。因為有提倡寫赤裸裸自由詩的人，認為格律是制約詩歌自由的，是一種鐐銬。但是像徐志摩、聞一多、卞之琳他們就認為，戴著鐐銬跳舞也可以跳得很好，甚至那鐐銬可能成為舞蹈的一種伴奏。這就有點苦中作樂的味道了，所以我也並不是那麼欣賞他們那麼刻苦寫出來的音樂。

那另一派我更加喜歡的，是戴望舒、廢名這些自由派。戴望舒說過一句名言，他說，詩不能求於固有形式和韻律，詩的韻律抑揚存在於詩情。這句話從戴望舒的嘴裡說出來比任何人都更有說服力，因為我們都知道戴望舒有一首著名的成名作叫〈雨巷〉。

> 彳亍在悠長
> 悠長又寂寥的雨巷，
> 我希望逢著一個
> 像丁香一樣地
> 結著愁怨的姑娘。

這是我脫稿都能背出來的一首詩，你估計也是，我們都被他那種非常迷離的節奏，江南綿綿細雨一樣的節奏所打動了。

這麼一個以音樂著稱的詩人，到了他詩作的中年時期，徹底地反對起這種表面的韻律，他認為表面的韻律遠遠比不上情感的韻律重要。他說，詩的抑揚頓挫，應該是在你的詩情的抑揚頓挫裡面去營造。就是說，你寫一首詩，你的情緒起伏變化本身就像音樂的急緩輕重一樣，能夠把讀詩的人帶入你的一種內心音樂裡去。

它打動你不是靠發出聲音。我們去寫一首詩，開始到結束，像是音樂演奏一樣，是一種現代音樂的即興演奏。它即興成分很多，因為本來我們情感的變化也是充滿了即興成分的。很可能我們一首詩從某種悲傷開始，然後以某種歡快結束，或者說悲傷的程度有什麼變化，而不是像一般的打擊樂一樣，由一個節奏開始到另一個節奏之間沒有更多的發展。

戴望舒把音樂的發展性、音樂的反復性，用非音樂形式帶到了詩裡面，它這種深刻的內在韻律，是為了超越傳統詩歌那種已經教條化的格律，所採取的是一種徹底否定的方式。

這一點在他之後，上世紀八十、九十年代的時候，我們的新詩寫作者其實都用了各種方式去實踐這種自由的音樂。詩情從這裡開始，走向了一個更複雜的境地，其實也是更符合現代人思緒的境地，全面打破傳統音樂的拘泥，融入了現代人對音樂的想像。

〈乞丐〉歡快地唱著流浪之歌

把舊的音樂徹底打破，並不意味著在一地碎片裡就沒有什麼可取的東西，一個真正懂的、懂音樂的詩人，他往往會從最傳統、最民間那些好像已經不被現代人視為現代的音樂裡，找到自己可以學習的對象。這一節，我要講的詩人瘂弦就是如此。

瘂弦是我自己最喜歡的台灣詩人，也是我認為漢語詩歌一百年裡面名列前茅的十大詩人。為什麼這麼說呢？他身上攜帶著從大陸到台灣，然後漂泊海外的經驗，同時，他有極高的才華、對語言的敏感，以至於他雖然在二十多歲就已經幾乎停止了寫詩，只出版過一本詩集，嚴格來說就是《瘂弦詩抄》，但是這本詩集卻成為了新詩的經典。

對台灣，還有對香港，甚至也有對部分的大陸寫作者，他都形成了影響。我的青春期的寫作就很受瘂弦的影響，從他那裡開始，走向了跟民謠的接觸。

當然瘂弦的民謠非常豐富，他身上有來自大陸中原地區的民謠的滋養，也有他年輕的時候熱愛的西方民謠、西方搖滾的滋養。像他所寫的這一首〈乞丐〉，他的名篇，就把這幾種滋養給融糅在一起。

不知道春天來了以後將怎樣
雪將怎樣
知更鳥和狗子們，春天來了以後
　以後將怎樣

依舊是關帝廟
依舊是洗了的襪子曬在偃月刀上
依舊是小調兒那個唱，蓮花兒那個落
酸棗樹，酸棗樹
大家的太陽照著，照著
　酸棗那個樹

而主要的是
一個子兒也沒有
與乎死虱般破碎的回憶
與乎被大街磨穿了的芒鞋

與乎藏在牙齒的城堞中的那些
　　那些殺戮的欲望

每扇門對我關著，當夜晚來時
人們就開始偏愛他們自己修築的籬笆
只有月光，月光沒有籬笆
且注滿施捨的牛奶於我破舊的瓦缽，當夜晚
　　夜晚來時

誰在金幣上鑄上他自己的側面像
〈依呀呵！蓮花兒那個落〉
誰把朝笏拋在塵埃上
〈依呀呵！小調兒那個唱〉
酸棗樹，酸棗樹
大家的太陽照著，照著
　　酸棗那個樹

春天，春天來了以後將怎樣
雪，知更鳥和狗子們
以及我的棘杖會不會開花
開花以後又怎樣

這首詩也是可以唱起來的，當然，要一個乞丐模樣的流浪漢敲著響板來唱。當然，又可以是一個爵士樂手，敲打著他的爵士鼓，或者彈著他的Double Bass來唱。

裡面提到蓮花落，反覆地提到蓮花落。蓮花落，如果是中國北方的聽眾，估計聽說過，但未必能見過這種形式。它最早是佛教的僧人在化緣的時候唱的，宣傳佛教教義的一種警世歌曲。但從宋朝開始，就在民間流行，變成了乞丐要錢的時候唱的歌曲。

它到了清朝的後期最興盛，後來民初、民國慢慢式微。但是，我們瘂弦先生，他很可能小時候在逃亡的路上，或在大江南北奔走的路上，聽過他們家鄉的或者北方的乞丐唱蓮花落。

蓮花落，它的表演者其實只有一個人，當然了，乞丐自說自唱，自己敲著一種叫「七件子」的東西伴奏。什麼叫七件子？演唱者兩個手都拿著竹板，一邊是兩片大竹板，另一邊是五片小竹板，加起來是叫七件子。所謂的「有板有眼」就是從這來的。大竹板打板，小竹板打眼，唱起歌來那個節奏非常的活潑。

問題來了，為什麼瘂弦會選擇一種這麼活潑的節奏來寫他這首詩呢？除了寫乞丐，因為乞丐唱蓮花落以外，他還想運用這種形式怎樣來配合自己的內容呢？

其實，我覺得蓮花落之於瘂弦先生的詩，就像西班牙的弗拉門戈（Flamenco）這種音樂之於西班牙大詩人洛爾迦（Lorca）。他的這種音樂感和幽默感，往往會跟他詩歌的內容形成劇烈的反差。

看過弗拉門戈舞蹈或者聽歌，都知道那是一種非常激情，充滿了愛欲的膨脹的一種歌曲，但他歌唱的內容往往是一些西班牙的悲劇，比如說復仇情殺這種，兩者形成一種反差。

那蓮花落，乞丐以這種歡快地敲著竹板的節奏，唱的往往是自己有多麼慘。乞丐說我餓了多少天肚子，我給大家講一個故事，你給我點吃的什麼的。瘂弦了解到這一點，他知道有一種文學的秘訣，越悲慘的故事，你用越快樂的曲調去唱出來的時候，它會更加悲慘。

瘂弦破罐子破摔式的抒情

越是跳躍的詩句，越能承擔起主題的沉重，而不是說一味地往下沉，一味地苦大仇深。瘂弦的沉重主題是什麼？就是離亂。他們那一代台灣詩人大多數都是從少年的時候在大陸從軍，然後隨著敗退的國民黨軍隊去到了台灣，可能一輩子跟自己親人都無法再見面了。

瘂弦曾經在一部紀錄片裡說過，民國三十七年十一月四日，是永不忘記的斷腸日。因為就從那一天開始，他從軍離開了家人，之後再也沒有再見到自己的母親。這種離亂是他的詩歌的底色，但在這種底色上面，他輔以不同的色調，那就是不同的音樂、不同的意象，用一種非常炫目的形式來掩飾那種說不出來的悲傷。

〈乞丐〉這首詩它有一些很細微的押韻的地方。這些地方跨度很大，比如說，「將怎樣」、「偃月刀上」，一直到最後，「又怎樣」、「將怎樣」，「小調唱」、「側面像」這些押韻。也有隱藏在每一句詩裡的一些韻，像「月光」、「欲望」這樣的韻。另外，還有「城堞」、「芒鞋」這樣很密集但又是不強調出來的押韻。

在這些表面的音樂性裡面，其實掩蓋著一個內裡的音樂性。內裡音樂性是怎麼樣呈現出來的？比如說它有幾個驚人的意象，一個是酸棗樹的意象，對應的是月光照到乞丐的碗上面的，月光像牛奶一樣。

酸棗樹和牛奶之間形成一種對位，酸棗樹我們知道，遠遠看著很多果實，但吃到嘴裡特別苦澀，也不能充飢；月光的牛奶更加是虛幻了，它雖然很公平，但是你知道，它也只是一個夢想而已，你絕不可能因為月光的公平而填飽自己肚子的。

另外一個就是，我剛才說到的「牙齒之間的城堞」，就是城牆上的建築，跟一個人咧開嘴巴露出來那種要吃人的牙齒是非常相像的。這個跟什麼形成對位呢？跟後面的「人們開始偏愛自己修築的籬笆」形成對位。

籬笆好像是裝飾性的，好像是彬彬有禮的，就像西方諺語說，「好鄰居來源自好籬笆」，但是又是一種文明的虛偽，籬笆其實是另一種層疊，說不準籬笆背後還是一種想要殺戮的欲望。

這些的對位是意象上的對位，卻有一種音樂的效果。是什麼效果？就是那種在爵士樂裡會出現的一種即興和鳴的對位。爵士樂裡每個樂器都好像自行其事，但是都圍繞著一個主題進行變奏，有時候走在一起，有時候散開。這首詩裡潛在的音樂就是這樣的，每個意象好像是零散的，像是一個乞丐隨便哼出來的東西，但最後它們又聚在一起，共同奏出這一首又哭又笑的哀樂。

最動人的一句，當然是「春天，春天來了以後將怎樣／雲，知更鳥和狗子們／以及我的棘杖會不會開花／開花以後又怎樣」，這一句詩是一種破罐破摔式的抒情。

為什麼說破罐破摔呢？一方面是，都已經餓成這樣子了，已經都不知道生命還能不能延續了，但還是在歡快地唱著歌；另一方面，就不管春天來不來好了，因為春天來了以後，這些東西開了花會是怎麼樣？很可能是另一種：酸棗樹開花了，但結出來的還是苦澀的果實。這裡用抒情的方式，去統攝整首詩裡的敘事和戲劇性。

瘂弦開創了一種很特別的抒情詩，就是民謠體，它得到了民謠的精神。民謠精神不只是音樂歌唱這麼簡單，民謠最大的特色是它那股抒情的勁，確實把很多敘事的戲劇性的衝突拉過來，為自己的抒情而服務。如果大家去聽 Bob Dylan 的歌，就能理解我所說的是什麼。

通過音樂來統攝了敘事和戲劇以後，建立起來的一個不是乞丐而是一個高貴流亡者的形象。這個流亡者穿過中國大地，一九四〇年代，一地的流離失所，他已經不再在乎自己的流離，反而更在乎怎樣把這首流離之歌唱得更好。

4 如宇宙之無言而含有一切

詩為什麼要分行，詩必須要分行嗎？分行是對韻律的成全，還是一種對詩情的打斷？這一講我將為你介紹商禽的〈長頸鹿〉，討論一種不太分行的散文詩是如何理解詩歌的分行以及自由的。

本文要跟大家討論新詩是不是不押韻的分行體。

理解了新詩對於音樂以及韻律的變化，介紹了瘂弦所寫的〈乞丐〉。現在就來討論「新詩是不是不押韻的分行體」這句話的下半段，也就是新詩分行這件事。

網路上常有人為了諷刺新詩，就把一篇散文，甚至非常無趣的講義或者公文分行，說這一分行就成了現代詩。諷刺新詩詩人不過就是會分行。有句話更刻薄，說會按ENTER鍵就是詩人了。新詩詩人對這種諷刺已經見怪不怪，往往是一笑了之。

為什麼詩歌要分行？我聽過一個笑話——但那不是笑話，是真實之事。以前香港報章給詩算稿費，往往按行數來算，導致窮困潦倒的詩人為了多要點稿費，就拼命分行，一兩個字就一行。把明明可能只有一百字的一首詩，硬是分出幾十行來，獲得更多的稿費。

這讓寫散文、寫小說的人看不過去，認為憑什麼你這樣分行，比我那樣密匝匝地寫滿一篇的稿費可能還多？但嚴肅的詩歌，分行或者不分行，並不重要。分不分行其實是對應著我之前談的詩歌內在音樂性，也就是說一種情緒的流動。

新詩的自由如宇宙之無言而含有一切

分行，怎麼分，在哪裡分，甚至不分行，就跟音樂裡那種切分、節拍、一個樂句在哪裡斷是相一致的，不是說只有像舊體詩、古詩那樣很整齊地、豆腐一樣的分行，才是分行的正確打開方式。

一般人說分行、不分行，其實介意的就是，你這詩要是不分行，它跟散文有什麼區別。我上一篇就說過散文化，這一點廢名的高見如何？他說，「我認為新詩和舊詩分別上不在於白話不白話，而是舊詩內容是散文的，新詩內容要是詩的。」

因為廢名認為，舊詩已經成為一種抽象的說辭或調子，這種調子實質上是用散文就可以表述的內容。但他認為，新詩要回歸到真正的詩的自由裡面去。用韻不用韻都沒有關係，新詩所用的文字，其唯一的條件乃是散文的文法，其餘的事件只能算是詩人作詩的自由了。真正的好詩不靠詩的修飾，也能傳遞一種強烈的詩情。

這一點，後來在他一個弟子一樣的詩人身上又得到了深化，那就是林庚。我們知道，林庚是研究唐詩、古文學的大家，同時也是一位大詩人。但林庚最早在詩壇出名，還是因為他曾經被戴望舒專門批判過。

林庚最初也是嘗試寫像新月派那種格律體的新詩，一塊一塊的豆腐，而且裡面充滿了一種從古典挪來的詩情畫意。於是作為剛才我說的一位革命者，戴望舒就寫了長文批判他，說他是直接把古詩翻譯成新詩，說他只不過用新詩的模樣去包裝了古詩的骨子。

然後戴望舒還更過分，自己做了一番演習，把一些古詩翻譯成林庚體的新詩，又把林庚的詩翻譯成古詩風，這些詩翻過來都像模像樣地，好像是過得去的好詩。

不過，林庚沒有受到戴望舒的打擊，反而從這裡開始反思自己的格律詩限，從而創立了一個叫自然詩的概念。他說，他期待一種如宇宙之無言而含有了一切，也便如宇宙之均勻地、從容地有一個自然諧和的形體的詩。

所以，最終林庚也走向一種自由詩，但他重新思考了自由詩的自由。他說，許多人彷彿覺得，自由詩不過是形式自由的詩而已，這實在是今日自由詩的危機。

詩的自由去到極端就成了散文詩

詩的自由去到了極端會是什麼呢？這就回到了剛才說的散文化這一點了。一首好詩的散文化跟一首詩本質是散文是徹底不同的。

自由詩的自由，在於詩情它運行時自由。它分不分行到了某種程度已經並不重要了，分行只不過是詩人把自己的感受提供給讀者，讓他去發出一種內心的節奏所提供的方便而已。

就像我把一句詩分行分行再分行，只是為了來提醒你，讀的時候在這裡應該停頓停頓再停頓一樣。但如果不分行，其實也並不妨礙一個優秀的詩人寫出他們內心的波瀾曲折。

散文詩就是裡面最極端的一種形式，它根本就不分行，表面看起來是散文，但是一首好的散文詩，骨子裡徹底是詩的。魯迅的《野草》是我覺得中國新詩史上第一本真正成熟的新詩集，他採取的就是散文詩的形式。

台灣另一位我非常喜歡的詩人商禽，也是以寫散文詩著稱。我認為魯迅之後散文詩寫最好的，就是商禽。下面給大家讀一首商禽的名作〈長頸鹿〉。大家可以感受一下散文詩的節奏怎樣變化，以及是什麼讓它跟散文、好散文區分開來。

長頸鹿

那個年輕的獄卒發覺囚犯們每次體格檢查時身長的逐月增加都是在脖子之後，他報告典獄長說：「長官，窗子太高了！」而他得到的回答卻是：「不，他們瞻望歲月。」

仁慈的青年獄卒，不識歲月的容顏，不知歲月的籍貫，不明歲月的行蹤；乃夜夜往動物園中，到長頸鹿園下，去逡巡，去守候。

就這麼兩段，它們像鳥一樣，來往於詩和散文之間，變換出了許多的節奏。第一句是長長的長長的二十多個字的一句長句。「那個年輕的獄卒發現囚犯們每次體格檢查時身長的逐月增加都是在脖子之後」，是不是就像一個長頸鹿的脖子呢？

詩真是非常奇妙的，它有視覺元素，又有音樂元素，這長得喘不過氣來的感覺，就好像一個囚犯服著無窮無盡的刑，他們也不知道要經歷多長的歲月才能重新獲得自由。

一方面是這種喘不過氣，另一方面又呼應著一個超現實的景象，就是那個巡邏的獄卒發現囚犯長高了，他們的脖子越伸越長。但年老的典獄長告訴他，不是因為窗子太高，他們才伸長脖子，是他們在瞻望歲月。歲月悠長悠長，漫長地流逝著，囚犯的脖子就越伸越長，越伸越長也看不到盡頭。

這已經是一次分裂，把整個情境一下子就倒轉了過來。接著第二段，節奏又變了。「仁慈的青年獄卒，不識歲月的容顏，不知歲月的籍貫，不明歲月的行蹤」，這麼一串排比句下來，慢慢地收住，到最後，由七字的排比變成三字的排比，「去逡巡，去守候」，像餘音渺渺，讓人恨不得要窮盡下去，卻在這裡停下來了。

到底他去長頸鹿的籠子外守候，他看到了什麼呢？他能看到這長頸鹿獲得自由嗎？當然不能，它就是在動物園裡的動物，怎麼能獲得自由呢？這個獄卒的守候，其實也是在發現另一點，就是說，除了籠子裡的長頸鹿，除了監獄裡的囚犯，他自己也成了這個歲月的囚徒。

音韻的節奏，到這裡突然停止，是有一種遺憾要留給我們讀者，這就是詩歌的言外之意。這時候就是要更進一步地帶入，在這麼一個囚籠裡面，你能不能意識得到，自己也是歲月的囚徒呢？其實我們每一個人都是。

5 港味的玄奧——鹹魚在鹹魚的氣味裡游泳

跟許多其他類型文學的遭遇一樣，詩歌也有一個地域鄙視鏈。比如說香港詩歌，在這樣的鄙視鏈中，它們被歸為粗俗與保守。

本文將以香港詩人飲江的〈玄奧〉為例，深入了解一個立體的香港詩歌形象。

港台詩是不是就比較膚淺或者保守？這是我在本文想談的。整個詩歌課中我所選讀的多數都是港台詩，目前還沒選到當代大陸詩歌。這並不意味著我不喜歡當代大陸詩歌，我是深受當代大陸詩歌的滋養，我的寫作也深受其影響，而且我的許多詩友都是大陸詩人。在詩歌語言的某些審美趨向上，或者說對詩歌理想的某些執著上，我也更趨同於這些大陸的詩友。

但是我為什麼選這麼多港台詩呢？實在是出於想要糾正某些偏見。我的講座，我說了，前面基本都要做一些糾正偏見的工作。現在要糾正的偏見就是，大陸很多人尤其是寫詩的人和某些自詡的詩歌資深讀者，多少都會有點忽視或者說瞧不上港台詩歌。

除了某種驕傲或者說某種潛在的大中原主義作祟以外，還有什麼原因呢？探討這個原因，其實也是為了追尋詩的標準何在，或者說我們對詩到底期許什麼。先讀這首我非常喜歡的香港老詩人飲江所寫的〈玄奧〉。

鹹魚在鹹魚的氣味裡游泳
蝦米在蝦米堆上跳
跳呀跳大海跳飛機
兒時，你背過臉偷放進口裡
那塊冰糖呢
那塊冰糖
至今仍還未溶化
你隨便捧起一把米

（在隨便一間雜貨舖吧）
那把米一粒一粒漏下
在你幼嫩的指縫間
噢，你蒼老了的指縫間
有句話你說玄奧不玄奧
那天你踏進屋裡
母親挨在廚房裡哀嘆：
「叫你買斤油，
你呀，足足去了成世！」

這首詩來自一位土生土長、在香港六〇多年的詩人飲江。我們都稱他為飲江叔，他留著像林子祥一樣的兩撇小鬍子，他的工作是電梯的檢測檢修員。

他寫的是一個生於四〇年代的香港小朋友的童年回憶，而回憶之所以產生陡轉、令我們感到玄奧，是來自於最後一句有雙關意味的話。我們廣東媽媽罵小朋友，罵得都比較玄奧，經常會用一些大的詞彙，比如「成世」。

「成世」是什麼意思？去了一輩子。叫你去買個油，你跑去了一輩子，這是怪你磨磨蹭蹭，把時間都浪費掉了，可能又跑去玩什麼的。這樣的一句口頭禪，真真正正是落到了口頭禪這三個字的本義去了，越是口頭的越有禪味。

但是禪味是在怎樣的一種平常心的基礎上鋪墊出來的呢？詩中寫的是一個香港基層家庭都會觸碰到的東西，鹹魚。以前的人，不是每一頓都能吃到新鮮魚的，有時候冬天就會買些鹹魚屯著吃，吃著吃著就成了香港特色，成了香港人懷念的一種風味。

鹹魚當然是死的，不會動的，一點新鮮感都沒有的，所以周星馳才會說，人活著要是沒有理想，那跟一條鹹魚有什麼分別呢？但是這首詩一開始，鹹魚是會游泳的，它是在它的氣味裡游泳，鹹魚死了，它是精神常存，它的精神就是它的氣味，孔子不是說如入鮑魚之肆嗎？就是說鹹魚的味道之大，連孔夫子都要聞之側鼻的。

蝦米在蝦米堆上跳，蝦米是曬乾了的蝦，而且一般都是很小的蝦，它也是在跳的。它們之所以會游泳、會跳，那是因為觀察它們的是一個小孩子，或者說是一個有童心的人，他才會看到這些琳琅滿目的死物都活過來了。在一個充滿了活潑之心的人眼中，一切都是活的。

但與這死物之活相比的，是活物之死。接下去就有點驚心動魄了。那塊冰糖沒有溶化，它代表的是兒時的甜蜜，除了冰糖，所有東西都面目全非了。一把米在手指之間漏下來，這是我們小時候都會玩的遊戲，我自己就挺喜歡去米缸裡抓起把米，讓它在自己手裡漏下那種感覺的，很治癒。

但看到這首詩，我們才意識到，米從指縫間漏下，那就是一種東方的沙漏。沙漏出現在西方古典油畫裡，永遠是象徵著時間無情的流逝。而米是東方人吃的，東方的沙漏由米構成，而米又跟柴米油鹽有關係，那是人的生命最基本的東西。

這麼一漏，就連接了兩個觸目驚心的意象，明明剛剛抓起來還是幼嫩的手指，下一刻鏡頭已經是蒼老了的手指。這就是電影蒙太奇手法，這麼大跨度的時間流失，在詩裡好像輕易地變了個魔術似的，但它也殘酷得像變個魔術似的。

因為這是不可能還原的魔術，不可能回到原點的魔術。當他回到屋裡，他用的是「那天」，這個「那天」可圈可點，既指童年時他去買油回來的那天，何嘗不是他今天的那天呢？小時候的他去買油，作為一件往事，在今天他想起來，想著想著，他進家門看見蒼老的母親，母親這句話很不幸一語成讖，只不過是讓你去買個油，你竟然去買了一輩子。

從一輩子這個維度去看，這個油這個米，就不只是柴米油鹽了，說的就是凡俗的生活，這種無法避免地消磨著一個人的生活，是怎樣地把你的一輩子耗掉的。玄奧不玄奧？其實並不玄奧，最玄奧的就是最現實的。

這首詩，驟眼看非常世俗，或者說帶有某種童趣，你會以為那是相當簡單、平易近人的詩。但正如這首詩的名字〈玄奧〉一樣，玄奧是飲江的詩的一大特色。

他的詩的底色是一種形而上的思辨，這種思辨有時候來自於存在主義，有時候來自於某種基督教宗教意識熏陶下的人對某些終極價值的反思。非常口語，非常日常，非常的有香港風味。

6 婚姻，其實是關於番茄醬的

我們喜歡思想進步，喜歡前衛。我們希望詩歌可以成為疲憊生活裡的英雄。當這種希望變成了一種形式及負擔時，詩歌本身的詩意就失去了，變成了電視劇裡愛叫囂的「英雄」。

本文以台灣詩人夏宇的〈魚罐頭〉為例，介紹一種低調、冷靜的詩歌語言。

大陸的一些詩歌網站或者朋友圈，經常會看到一些人討論一首詩好不好，他們一般不會用好不好、美不美、前衛不前衛，或者說想像力豐富不豐富，措辭怎麼樣變化多端等等，這些在他們看來都是次要的事。

他們往往先就會說這首詩很NB，NB代指某些髒話。有時候他們使用髒話可能是為了表示自己驚喜、驚訝，但其實同時也暗示著對詩歌的某種潛藏的標準判斷，即以是否狠、是否犀利來論詩的好壞。

其實這是來自於他們這幾十年來教育裡一直有的一種英雄主義的意識。詩歌追求成為英雄，詩人追求成為英雄。在英雄的意識的影響下，詩歌一味地高大上。

這高大上除了是主流價值或者主旋律的高大上，還有另一種高大上，比如說某種偽科學，某種偽宗教，某種措辭上的高不可攀，陳義過高，這些都是我們新詩的某些特徵。在這種一味高大上的追求下，大陸詩人和讀者就逃不了以「NB」論英雄的這麼一種詩歌判斷方式。

然後就是中國的語言。這幾十年的教育下來，包括了學校教育、輿論教育，還有公文教育，使其語言充滿了戰鬥意識，這種意識不但體現在它的劍拔弩張，或者說非黑即白，要置對方於死地的這麼一種戰鬥意識，還體現在它大量使用軍事術語和戰略的思維來進行文藝的思考。

我姑且不評判這種語言到底對漢語造成多少傷害，同時又帶來多少革命意義。但是可以客觀地說，習慣了充滿戰鬥意識的語言，自然不習慣在溫良恭儉讓下培育出來的那種溫潤的語言，或者說那種低調一點的語言。

而且這種戰鬥語言對新詩的影響很可怕。因為就算你是反對它的，也難以逃出它的套路，你必須用你反對的那一套來跟你反對的東西作鬥爭，這是很可怕的。直到最近這幾年，才有一些作者能夠徹底地擺脫這種戰鬥的語言。

另一種語言是什麼樣的呢？

我要給大家看看，保守和前衛怎麼來劃分。並不是在詩裡叫囂，打倒一切，推翻一切，砸爛一切，就是前衛；不是把語言玩得花裡胡哨，支離破碎，上天下地，就是前衛。

我們先看看台灣女詩人夏宇寫於幾十年前的這麼一首〈魚罐頭〉。

魚罐頭——給朋友的婚禮

魚躺在番茄醬裡
魚可能不大愉快
海並不知道
海太深了
海岸並不知道

這個故事是猩紅色的
而且這麼通俗
所以其實是關於番茄醬的

這首詩，如果沒有了副標題「給朋友的婚禮」，那就是一首正常的詠物詩。這種詩可能寄託了我們對失去的自由，不能暢游在大海裡的罐頭魚的一種惋惜。

但假如加上了婚禮，我們就可以理解為，女詩人夏宇對我們約定俗成或者說習焉不察的這種對婚姻的想像的一種反思。這種反思至今有效。

比如說我們所爭取的同婚。同婚就是指同志的婚姻，同志婚姻我支持它作為法律上的存在。我覺得它唯一能說服我的就是說手術要簽字，遺囑要執行，這些法律上的東西，是需要婚姻去幫忙的。

但是如果回到愛情上面來說，就像錢鍾書的《圍城》小說裡寫的，城裡的人想出去，城外的人想進來，我們會開玩笑地說現在同志們就有點像城外的人。

曾經同志的愛情又為異性戀人所羨慕，因為它沒有那麼多繁文縟節，沒有那麼多形式化的東西，沒有那麼多束縛。那你又何苦自找麻煩？夏宇幾十年前這首詩，她所說的婚禮，其實就是一種用來反對愛情或者說消磨愛情，最後跟愛情無關的這麼一種形式。

「海太深了／海岸並不知道」我們在海裡暢游，就像我們在愛情中暢游一樣。我們最後總想上個岸，一上岸就意味著放棄這麼深的海洋。

當然深海有風險，上岸比較保險一點。但上岸你很可能就被塞進一個罐頭裡了，罐頭只不過是個框架，幫忙這個罐頭的，還有那一大灘番茄醬，這番茄醬無微不至地、無孔不入地滲透在兩個相愛的人中間，把他們擠得緊緊的。

我們要注意，番茄醬只不過是一種調味料而已，它掩飾了原味。愛情慢慢地變成了為愛而愛，為婚姻而婚姻，為家庭而家庭。尤其現在番茄醬還加了大量的味精，以至於我們愛裡的恨也會被打扮成愛的樣子。

當我們千瘡百孔、生活日益無趣，我們就會回憶當年怎樣山盟海誓，怎樣建立這一切。有人開玩笑說，華人的婚禮弄得這麼繁複，這麼勞師動眾，就是為了讓你結了一次，不敢再結第二次了。

最後夏宇還提醒說「這個故事是猩紅色的／而且那麼通俗」，這讓我們想起那種恐怖片，特別是低級的恐怖片，經常就是用番茄醬來冒充血液的。夏宇最後這樣結束，貌似像在詛咒婚姻，給這場婚姻蒙上了一絲血色，但實際上那恐怖感不過是戲謔——仔細一看，中國式婚姻的大紅主色，不也是如此嗎。

好吧，我們姑且就當這就是詩人的一種調侃，一種反諷。最後一句很重要，你們所謂的故事，生生死死，將來你要建立的東西，你要延續的東西，會不會只是為了你臆想中的這麼一坨番茄醬的鮮味呢？

我們所有人都成了一個角色，去服務一種約定俗成的愛情形式，這就是夏宇的〈魚罐頭〉。

為什麼說這首詩前衛？它的前衛在於它是種對規矩的反叛，對大家習焉不察東西的反叛，大家想著去爭取它、去反對它，都比不上夏宇在這裡直接道出，她的虛無冷靜得、不動聲色得，讓你感到一絲可怕。

這首詩是低調的，是比較幽默的，又是比較微妙的，它需要你冷靜地去感受。同時，詩人和讀者也是比較平等的，不是要壓倒你的，不是要征服你的。

這樣的語言如果是令你覺得膚淺，肯定是因為你已經習慣了高音喇叭的慷慨激昂。這樣的詩如果讓你覺得保守，那是因為你已經習慣了某種立場宣誓式的感情先行，而忽略了理性的思辨。

7 真實比慰藉難求
——北島的虛無與奥登的自覺

讀詩常常給心靈帶來慰藉，但這是詩最首要的任務嗎？讀詩究竟是為了什麼？本文以北島的〈一切〉和奥登的〈愛得更多的那人〉兩首詩為例，討論詩歌與心靈慰藉這件事。

這個話題無論對於詩人或讀者都有點尷尬，我想你選擇詩，多少是因為曾經被詩安慰過，或者還想在詩裡面尋求一種特別的安慰，這種安慰跟一般的心靈雞湯有所不同，它更美，更富有意象，更有打動人心的力量。

但詩人可從來不敢保證自己是能夠給予讀者安慰的。有的時候，我們不但安慰不了別人，也安慰不了自己。隨著詩越寫越多，就會發現，所謂的安慰不過是一種虛妄。

但我們必須面對一個問題，說讀者渴求安慰是不是一種詩的功利主義，為什麼讀者渴求安慰？為什麼我們不能直接給予讀者安慰，或者說除了安慰，我們還能給予讀者什麼？詩到底應該成為精神鴉片一樣的麻醉劑，還是叫醒讀者的一把刀？

也許兩者都不是。詩人北島最有名的兩句詩就是「卑鄙是卑鄙者的通行證／高尚是高尚者的墓誌銘」。這兩句詩當然談不上什麼安慰，也許讀著讀著會有種同仇敵愾的感覺，我們都視若無睹、見怪不怪的，詩人大膽地把它寫出來。倒真就是這麼一回事，卑鄙者和高尚者從不會得到什麼報應。

北島作為一個從文革時代走過來的詩人，理應能給予他的同代人以及後代很多安慰才對。因為那是一個最沒有安慰的年代，所以當時才有傷痕文學、尋根文學的誕生。但是，我們的北島向來都拒絕被定義為傷痕文學，也拒絕被大家稱為朦朧詩。他最多接受的，是稱他為《今天》雜誌的「今天派」詩人。

在那個時代，北島這種卓然獨立的姿勢，就是來自於剛才所引用這兩句名句的那種虛無、拒絕和無可安慰感。我們現在讀他的另一首名作〈一切〉，講講背後的一些故事。

一切都是命運
一切都是煙雲

一切都是沒有結局的開始
一切都是稍縱即逝的追尋
一切歡樂都沒有微笑
一切苦難都沒有淚痕
一切語言都是重複
一切交往都是初逢
一切愛情都在心裡
一切往事都在夢中
一切希望都帶著注釋
一切信仰都帶著呻吟
一切爆發都有片刻的寧靜
一切死亡都有冗長的回聲

這樣的一首詩發表以後，有點像是一顆炸彈，大家又是惶惑又是震驚地傳送這首詩。以至於北島的好朋友，另一位「朦朧」詩人舒婷，為此寫了另一首詩〈這不是一切〉。舒婷很正能量地把這個充滿了負能量的北島反駁了一通，說不是一切都是像你這麼說的。

但是，令人尷尬的是，讀舒婷說「不是一切」所反覆羅列出來的東西，你會覺得怎麼好像有點強詞奪理，我們在日常中其實會感覺到，真的就是一切都是這樣的。

她的反駁失敗了，連舒婷自己後來都承認。北島這首斬釘截鐵的、幾乎是沒有迴旋餘地的、一切都歸於虛無的詩，卻從另一個角度說了詩人是不甘心的。如果他是甘心的，就沒有必要寫這麼一首詩。在一些很細的細節裡面，他會暗示出一切還是有一點點可能的。

比如說，當他說「所有語言都是重覆」的時候，他會說交往其實會不會是初逢，就是說初次見面還是意味著有可能性的。「一切希望都帶著注釋」，雖然我們都很果斷地說，我們希望我們的理想不需要附加條件，但是加了注釋的希望是不是更務實一點，更有可能達成一點？

最後他說，爆發有寧靜，爆發當然是震耳欲聾的東西，但它在爆發之前，在電影裡面，或者說在日常感受之中，都會有這種片刻寧靜。也許是一種科學現象，也許是一種心理現象，跟這個相對應的，則是死亡有回聲。死亡本來應該是一片死寂，對於死去的人來說，回聲又從何來？回聲是在活著的人身上的。這個回聲是以什麼樣的形式去反對死亡，或者說從死亡中獲得力量、獲得啟迪的，我們要這樣去想。

表面上是一片虛無、一切都被否定的一首詩，但它裡卻隱忍著透露出來一些思考的可能性。那個時代給人帶來的虛無感裡，其實有更堅實、更有說服力的一些思考。因為我們都知道，我們不能單純地把歷史歸於虛無，也不能單純地把未來歸於希望。既然要這麼不單純，那麼怎樣辯證地去看待這虛無和希望？

這樣思考之際，我們慢慢從北島詩歌的政治性，一種中國特有的非黑即白的選擇裡，來到一個歐洲的理想主義被理性主義修正的思維裡面去。同樣的這樣斬釘截鐵的話，來自我青年時代非常喜歡的美國大詩人奧登所寫的詩，一首關於愛情的詩，叫〈一九三九年九月一日〉，裡有一句詩被傳頌一時。

我們必須相愛，
否則死亡。

這句話大家都耳熟能詳，特別英雄氣概，甚至說得無賴一點，有點威脅對方的意味。我們如果不愛對方，我們跟死亡又有什麼區別？如果我們愛了對方，我們就能逃過死亡的虛無。但是奧登可能後來覺得這個太正能量了，太安慰人了，太以愛的名義安慰我們這些必有一死的生存者。當奧登晚年意識到這句詩可能會造成的這種媚俗——說媚俗有點過了，就說會造成一種假象、一種幻象。奧登把他這句詩改了，他改成：

我們必須相愛，
然後死亡。

這麼一來，首先是承認了死亡的必然性。我們就是相愛的，我們也會死亡。但是他保留了必須，就算我們死亡，我們也必須相愛。這相愛給予了死亡以意義，而死亡又令這相愛的必須性更加迫切。好像是說，經過了愛，人才能死得其所，才能死得心安理得。是要必有一死，但是有愛了然後去死。同時反過來說，認識到死亡的人，才能夠更深刻地認識到愛的意義。

奧登是一個擁有強大的自覺性的詩人，從他對一首詩相隔幾十年還去修訂這種做法就能看到。從他少年時候那些很敏感的抒情詩也能看出他這種強大的自制力。他打動我的詩篇，大多數都是很雄辯的，同時又在雄辯裡弄出很多波瀾來。在他晚年的詩篇裡，他繼續很實質地、很理性地思考，同時又加入了一種我們因為愛而來的舒緩和自由。從這個舒緩和自由，我們去想像詩歌的安慰到底是一種怎樣的力量？他晚年的詩，我最喜歡是這一首，叫〈愛得更多的那人〉（馬鳴謙、蔡海燕譯）。

愛得更多的那人

仰望著群星，我很清楚，
即便我下了地獄，它們也不會在乎，
但在這塵世，人或獸類的無情
我們最不必去擔心。

當星辰以一種我們無以回報的
激情燃燒著，我們怎能心安理得？
如果愛不可能有對等，
願我是愛得更多的那人。

自認的仰慕者如我這般，
星星們都不會瞧上一眼，

此刻看著它們，我不能，
說我整天思念著一個人。

倘若星辰都已殞滅或消失無蹤，
我會學著觀看一個空無的天穹
並感受它全然暗黑的莊嚴，
儘管這會花去我些許的時間。

這首詩首先是以一種巨大的情感力打動我們。倘若愛不可能有對等，願我是愛得更多的那人，這好像我們日常會說的，我愛你，這和你無關。如果你不愛我，沒關係，我還是會繼續愛著你。或者說你愛我並不如我愛你多，那我甚至會更變本加厲地去愛你。這有點像愛情小說裡的俗套了，好像是一個單戀者的告白。

但是這種情感的聚焦爆發，在這首詩裡是經過了反覆思考的，它是在一種非常大的自覺性裡觸碰到了奧登對戀愛的種種思考。熟識他的人都知道，他是在那一個年代的同性戀詩人。同性戀在奧登的年代還不能公開，受到世人鄙夷，甚至在某些地方還會入罪。

所以奧登這個愛得更多，其實是在一種幾乎絕望的基礎上去說的。這裡面包含了對某個個體的表白，同時也是基於他個人身份的一種表白。在同性戀被壓抑的時代，你要證明你的愛，你就必須要付出更多。奧登說過，他所有詩都是為愛所寫，那這首詩可以算是他最光明正大、明目張膽的一種宣示吧。

最有意思的是，他首先說的不是人和人之間的關係，而是星辰跟人的關係。表面上看起來，星辰跟人是無可能對等的，星辰如此高高在上，如此永恆，而人如此短暫。但裡面有一句話卻透露出詩人要把人跟星辰對等的努力，「星辰以一種我們無以回報的激情燃燒著」，到底星辰是我們要去愛的對象，還是它根本就是在愛著我們？我們無以回報，但我們可以愛得更多。

在跟人的愛情關係裡，當我們愛得更多，我們也是像星辰一樣，付出一種無以回報的激情去燃燒自己的。但是接下來奧登就不再給予我們安慰了。他接著就說，即使是這樣，有激情地燃燒的星辰也會隕滅，也會消失無蹤，那我還能怎麼樣？作為一個詩人，作為一個愛者，他必須接受這一切激情消亡以後的空無的天空，感受空無本身的莊嚴。

最後一句他卻說，只不過會花去些許的時間，這是他突然明悟到，他的時間是無窮無盡的，他的時間跟星星一樣都屬於永恆。他並不是一個短暫的愛和被愛者。當他付出了愛，或者當他在愛之中，他就變成了一個有無窮無盡的時間去應付那些虛無的一個人。如果這樣還不夠明白，我再分享幾句奧登早期的詩。那是他非常年輕時所寫的〈更高的今天〉（馬鳴謙、蔡海燕譯）。

這首詩裡有幾句詩，可以說是後來他對愛和死的思考的伏筆。在這首詩最後他寫道：

可是現在就幸福吧，儘管彼此沒有靠得更近，
我們看見沿著山谷的農莊都亮起了燈；
磨坊那邊的錘擊聲停了，
男人們回家了。

黎明的噪音將為某人帶來自由，
但不是這種安寧，任何鳥都不能否認：
只經過這裡，現在，足夠讓某物滿足這個時刻，
被愛或容忍。

「被愛或容忍」，這馬上讓人想起我剛才所提到的「必須相愛／否則死亡」，還有最後他晚年說的「必須相愛／然後死亡」。這裡有三個奧登，三個都很重要。

第一個奧登，是像杜甫那樣的，一個承載萬物的器皿，他因為容忍而容納所有路過他生命的東西，並且讓這些東西得到滿足；第二個，必須相愛，否則死亡，這是一種莎士比亞似的雄辯，有一種「雖千萬人吾往矣」的悲劇精神。最後一個，如果要找一個對比，我想起我最喜歡的一個中國古代詩人，姜夔。那裡面是風流蘊藉的，是從容的。他對愛和死亡給予了同樣的理解，兩者是平等的。

這樣的詩，我們會說從中得到安慰了，但安慰這兩個字並不足以涵蓋這樣的詩給我們帶來的一種對生命本身的深思。深思以後，安慰變得並不那麼重要了。因為你需要安慰的事物，比如說對死亡的恐懼，對愛的憤憤不平，這些東西它都變得富有了深意，這個時候你根本不需要尋求安慰。

最後，我可以回答最初的問題了：詩歌到底有承擔心靈安慰的功能嗎？我想，這真的不是詩歌的首要任務。

8 愛情思有邪，為文且放蕩

梁簡文帝蕭綱說過一句話：「立身先須謹慎，為文且須放蕩」。詩的邊界在哪裡？愛情在詩中，是情欲的那部分，還是純潔的那部分？聰明的回答可能會是，愛情是什麼樣，在詩中就可以是什麼樣。

本文要談論一個美妙又微妙的話題，就是新詩能否談論愛情。這好像是句廢話，詩跟愛情應該是無法分開的。我們所寫的詩，其實都是情詩，就像奧登所說：所有的詩都跟愛情有關。

準確地來說，我想談的是：在這麼一個情欲好像很自由的時代，詩要如何談論愛情？我們是去標榜純愛，跟情欲決裂，成為一種變相的道德主義的純詩寫作，還是肯定情欲，去構想新的愛情的這麼一種實驗？

當代西方詩人裡，有些非常好的例子，比如在西方廣受歡迎的詩人查爾斯．布考斯基，他寫過一首很動人的情詩，被我列為二十世紀下半葉最打動我的情詩之一，〈就像麻雀一樣〉（徐淳剛譯）——

放生你必須殺生
當我們的悲傷跌落，茫茫然
於血色翻滾的大海
我走過破敗不堪的沙灘邊緣
那兒，白腿、白腹的生物正在腐爛
冗長的死亡，讓四周的景色變得騷亂。

親愛的孩子，我只能像麻雀一樣對你；
當流行年輕的時候
我老了；當流行笑的時候我哭了。
當本該有勇氣愛的時候
我恨你。

愛是這首詩裡的潛台詞，他用了所有的否定，內裡正是因為一種對愛的不捨，對愛的肯定。他每列舉一種否定，都在為自己的愛情而驕傲。當然這種錯失、這種格格不入、這種失敗，其實是愛或者詩的本質。

如果熟知沙林傑的短篇小說，對這個本質就不會陌生。在他的《九故事》裡面，充滿了這種錯失的、具有落差的、永遠不會完滿的愛。在本來無需太多勇氣就能愛你的時候，我卻恨你了，多麼意味深長的一種錯失。就在讀者都在意淫著詩人的愛的時候，我們的詩人重塑了詩人應該有的決絕形象。這種決絕是即便所有的流行都和我格格不入，但我還是在愛著你。

布考斯基被譽為美國底層人民的桂冠詩人，我覺得他就是美國底層的一個酒鬼詩人。他把酒鬼最有魅力的一面發揮到了極致。一個純粹的酒鬼，跟那種酒瘋子、酒無賴不一樣，他喝酒就是為了喝酒本身，不是想借酒撒瘋。寫詩也是用詩去挑釁主流價值觀，沒有用詩去騙取異性肉體。他詩裡經常反諷那些把詩和愛混為一談、推崇純愛的那種詩歌。

推崇純愛的詩歌，其實是一種保守的觀念，它渴望詩是超越世俗的。詩當然可以超越世俗，而且最終必然是把世俗的定義推向一個更廣大的可能。但詩不一定是反對世俗的，因為無論如何脫俗的詩人，他也還是生活在世俗當中。布考斯基的獨特就在於他反感這種所謂的超越。

我自己有一首流傳得比較廣的詩，叫〈一九二七年春，帕斯捷爾納克致茨維塔耶娃〉。一開始它常常被人誤會是俄羅斯的諾貝爾文學獎得主、寫《齊瓦戈醫生》的帕斯捷爾納克所寫的詩。其實，這首詩是我以他的口吻寫給另一位俄羅斯大詩人。詩的背景是我在一九九九年寫的一組長詩叫〈末世吟〉，意味著告別一個時代，迎來新的一個時代。末世意識是永恆地纏繞在我們詩人身上的，在那組詩裡面，我安排了很多詩人的角色出現，而第一個出現的就是帕斯捷爾納克。

一九二七年春，帕斯捷爾納克致茨維塔耶娃

我們多麼草率地成為了孤兒。瑪琳娜，
這是我最後一次呼喚你的名字。
　　大雪落在
我鏽跡斑斑的氣管和肺葉上，
說吧：今夜，我的嗓音是一列被截停的火車，
你的名字是俄羅斯漫長的國境線。

我想像我們的相遇，在一場隆重的死亡背面
（玫瑰的矛盾貫穿了他碩大的心）；
在一九二七年春夜，我們在國境線上相遇
因此錯過了
　　這個呼嘯著奔向終點的世界。
而今夜，你是舞曲，世界是錯誤。

當新年的鐘聲敲響的時候，百合花盛放
——他以他的死宣告了世紀的終結，
而不是我們尷尬的生存。
　　　　　　　　為什麼我要對你們沉默？
當華爾茲舞曲奏起的時候，我在謝幕。
因為今夜，你是旋轉，我是迷失。

當你轉換舞伴的時候，我將在世界的留言冊上抹去我的名字。
瑪琳娜，國境線上的舞會
停止，大雪落向我們各自孤單的命運。
我歌唱了這寒冷的春天，我歌唱了我們的廢墟
……然後我又將沉默不語。

有一本書，叫《三詩人書簡》，我這首詩的寫作背景就和書中三人有關。大詩人里爾克、帕斯捷爾納克和茨維塔耶娃這三人，說是愛情故事也可以，他們之間有著一種更高尚的靈魂之間的關係。

如果還原到愛情的關係上，帕斯捷爾納克很明顯喜歡茨維塔耶娃，茨維塔耶娃喜歡里爾克，而帕斯捷爾納克又崇拜里爾克。但里爾克當時已經走到生命的尾聲了，所以什麼都沒有發生。當帕斯捷爾納克知道里爾克死訊的時候，他非常悲痛，他在給茨維塔耶娃的通信裡說「我們成為了孤兒」——用我們現在的話說就是，一個時代結束了。

在這樣的一個背景下，我覺得這三個人有很多遺憾，尤其是帕斯捷爾納克有很多話沒有機會再說出來，因為茨維塔耶娃在不久後也自殺身亡了。所以我就以帕斯捷爾

納克口吻寫了這麼一首詩給茨維塔耶娃。也許是一種彌補，也許只是我一廂情願，用我自己的聲音對這段關係，對那一個時代，對詩人在時代裡所處的位置等等，進行我的反思。

這首詩當中，如果說有一個愛情的態度，那就是愛情應該讓我們都變得更廣闊。愛情不是讓我們狹隘，不是因為得不到或者因為愛情的終結，而令這個人的生命也走到盡頭。愛情當然是非常廣大的，但是它所觸發的東西，它所帶來的詩也好，它所帶來的對生命的啟悟也好，也許都在愛情結束的時候才開始。

也許帕斯捷爾納克不一定要擁有茨維塔耶娃。事實上，他也從來沒有擁有過茨維塔耶娃，里爾克也是。帕斯捷爾納克或者里爾克，他只需要去讀茨維塔耶娃的名字就夠了。

「今夜，我的嗓音是一列被截停的火車／你的名字是俄羅斯漫長的國境線」。愛情的過程，就像一列在俄羅斯漫長的國境裡面行走的火車一樣，走，才是愛情，而不是在終點停下。這輛火車能開到哪裡？能開到莫斯科？開到彼得堡？開到西伯利亞？都不重要，我念叨著你的名字，在這個過程中，我取代了現實的這列火車，因為我反覆地念叨，你以及愛情本身都更加幅員遼闊，詩也跟著幅員遼闊。

以前的人注《詩經》，總是把愛情想像為君臣之間的那種可怕的、變態的臣服。

但實際上只要忠實於我們內心這個讀者，都會知道，這些詩就是情與欲之詩，就是男女歡愛，就是普通人之間的歌唱，而不是什麼士大夫的意淫。這就是我想像的通過談論愛情能夠給詩帶來的想像與期許。

9 被滅火機撲熄的少年

人們願意用來框定詩的維度之一，是現實。
詩常常寫現實，卻被讀詩的人從一種意氣的角度理解為非現實，
或者不那麼現實。怎麼理解詩跟現實的關係？

詩必然是脫離現實的嗎？

這個必然為什麼要說得這麼肯定、這麼決絕？因為我所接觸的很多詩歌讀者，或是在網絡上的詩歌愛好者，多半都認為詩不能去寫現實。

詩只要寫現實就會變得醜陋，或者說變得沉重而不能昇華、飛躍。他們認為詩歌應該是超越這個很繁瑣的或者說很令人厭惡、反感的現實的，認為只有這樣詩歌才可稱其藝術。

如果要很簡單地去把詩作一種定義，就會涉及到現實與幻想的問題。最初我們定

義詩肯定會認為不切實際地幻想就是詩，其實這裡有對有不對。它的對，在於它是對表面上那種功利的實際、斤斤計較的瑣事的實際的一個否定。我們通過主流意識形態所接觸的現實，難道是真的現實嗎？詩歌否定的現實，應該是指這一種非常粗糙的現實。

以商禽先生作品為例。在台灣詩人裡，商禽是非常特別的一個，獨來獨往。就跟周夢蝶開舊書攤維生一樣，他賣牛肉麵，這比周夢蝶更食人間煙火，這是詩壇的逸事。

他的詩風很冷峻，用現在的話說就是，非常酷、非常抽離，跟我們想像的台灣文學的某種溫情、深情，其實是不太一樣的。他的深情是另一種深情，他是以非常疏離的方式來令你非常疼痛地深情。

接下來介紹一首我最喜歡的商禽的詩，叫〈滅火機〉。

憤怒昇起來的日午，我凝視著牆上的滅火機。一個小孩走來對我說：「看哪！你的眼睛裡有兩個滅火機。」為了這無邪告白；捧著他的雙頰，我不禁哭了。

我看見有兩個我分別在他眼中流淚；他沒有再告訴我，在我那些淚珠的鑒照中，有多少個他自己。

這首詩只有兩段，雖然是首散文詩，也像是小短篇一樣，總共加起來只有一百來字。但這首詩特別神奇地向我們示範了一首很短的詩能夠包含多少空間、多少命運。

滅火機就是我們現在說的滅火器，是那種噴出泡沫來，噴滅火焰、火災的滅火工具。一個詩人看見牆上的滅火機，他會怎麼想？首先他鋪墊了一下，他說是在憤怒升起來的日午，當一個人感到憤怒，他當然是想著火焰，一股火焰如何發放。

但是我們這個詩人，他已經是中年人了，他歷經了世事的創傷，變得頗有城府，所以他憤怒的時候，是下意識地去想怎樣克制，怎樣去撲滅自己的憤怒。所以他盯著滅火機，其實就是在尋求令自己憤怒消失的這麼一種可能。

但這個時候超現實場景出現了，有個小孩突然來跟他說，「你看你的眼睛裡有兩個滅火機」。一個尋找滅火機的人，其實是因為他有憤怒才尋找。他以為他能夠撲滅自己的憤怒，但他眼睛出賣了他，因為他的眼睛裡倒映著兩個滅火機。

然後下一個動作，他捧著這個小孩的雙頰，這個動作我們可以看出，他又從小孩的眼睛裡看到自己，他看到「兩個我在流淚」，但同時也是看到兩個滅火機變成了四個滅火機，越多的滅火機暗示著他的憤怒越大。

這時候詩人是感覺非常慚愧，他才哭的。因為他在這個小孩那裡看到了少年的自己。少年的他，憤怒是不加掩飾的，他不需要去尋找一個滅火機。

如果這是一個電影鏡頭，你會看到這是從一個正反打鏡頭裡帶出一個無限。不是有一種說法，說只要把兩面鏡子對立起來，就能創造出一個無限的世界嗎。那麼在這兩個人的眼睛對視裡面，到底是有無限的滅火機，還是無限的憤怒呢？

實際上最後一句詩是這麼說的：「他沒有再告訴我，在我那些淚珠的鑒照中，有多少個他自己。」這時候不只是兩面鏡子、四隻眼睛在互相倒映，還加入了很多，啪嗒啪嗒掉下來的淚珠。

在這麼一個超現實場景裡，有無數面鏡子組成這麼一個迷宮。這個迷宮裡迷失的是詩人無數個放棄了的自我，無數個被滅火機撲熄了的少年。

當我們去讀這首詩，我們能讀出一個弦外之意。詩人之悲哀，不只是為自己悲哀。假如這個小孩並不是詩人的童年、少年，而是我們，我們的讀者，我們的下一代呢？

詩人發現，這個小孩在未來也將認識憤怒和滅火機，這才是人世最大的悲哀。這種無限循環中，剩下的還依然是滅火機。

這樣一首超現實的詩，場景是完全可以想像的。他所指出的憤怒，是赤裸裸的現實的憤怒。他寫於解嚴前後的台灣，那時候的台灣也是一片亂象，大家不知道未來這個島嶼會走向何方。

很多華人社會所必然有的那些陳規陋習，也都必然會被我們的詩人所碰見。然後我們的社會教育也必然在反覆教育我們要壓抑憤怒，要克制地面對容忍，去諒解那些醜陋的東西。

所以詩人之所以悲哀，是發現這個過去的自己、現在的自己和未來的這些孩子們，都陷入了這麼一種最現實的監獄裡面，這個監獄由無數的滅火機、無數的鏡子所組成，人在裡面就像鬼打牆一樣，難以走出去。這樣的超現實，比現實更加失落，更加殘酷。

一般的文學史都會把商禽的詩定義為超現實主義詩歌，因為他的詩裡充滿一些將現實處理得非常誇張或者荒誕的想像在裡面。

但是，商禽先生並不認為自己的詩是超現實。當大家說他是超現實的時候，他說過一句名言：「我不是超現實，我是超級的現實」。

什麼是「超級現實」？最現實的現實主義。他不是拋棄了、超越了現實，而是把現實以一種無可迴避的方式發生在詩人身上，然後再反射成詩，投射到我們讀者身上。

一個詩人、一個作家應該能看到更深層的現實，等他看到更深層的那一面，一般讀者就會以為他是在幻想。因為那是我們在普通層面，在事物的表層，看不到的東西。

那並非他的幻想，他只是深不可測而已。如果我們用心去讀，跟他建立一種同理心的關係，你就會發現這深也是深得可測的。

10 彎的自由度將越來越廣闊

詩在抵抗什麼？在抵抗非詩意，比如一種現實的荒謬，比如一種不合理的管制。正在抵抗的人眾多，因為抵抗而付出代價的人也眾多。

講完詩能不能書寫現實以後，再講個稍微硬一點的話題，那就是，詩可不可以反抗？反抗什麼？

當然，詩人手無縛雞之力，就像愛爾蘭的諾貝爾文學獎得主希尼說過的：「詩並不能抵擋一輛坦克」。詩當然不能抵擋一輛坦克，但詩可以做什麼？

先說一個來自東歐很多坦克橫行地的故事。喜歡詩的人，多少都聽過她的名字，辛波絲卡。她有一首詩叫〈種種可能〉（陳黎譯），我先摘錄一段：

我偏愛電影。
我偏愛貓。
我偏愛華爾塔河沿岸的橡樹。
我偏愛狄更斯勝過杜思妥耶夫斯基。
我偏愛我對人群的喜歡
勝過我對人類的愛。
我偏愛在手邊擺放針線，以備不時之需。
我偏愛綠色。
我偏愛不把一切
都歸咎於理性的想法。
我偏愛例外。
我偏愛及早離去。
我偏愛和醫生聊些別的話題。
我偏愛線條細致的老式插畫。
我偏愛寫詩的荒謬
勝過不寫詩的荒謬。

……

這首詩裡有一句非常有名的句子，說「我偏愛寫詩的荒謬，勝過不寫詩的荒謬」。什麼是「不寫詩的荒謬」？「不寫詩的荒謬」就是在波蘭這種東歐政治裡，現實中比比皆是的那種不得已的荒謬。

這種荒謬是反對幽默的，就像另一位來自東歐的作家米蘭·昆德拉在《生命不能承受之輕》、《笑忘書》裡所揭示的，幽默其實是瓦解暴力統治的一種武器。反對幽默本身就是極權的一種特徵。大家可以在種種我們所反感的新聞事件裡面看出，他們是不會笑的。辛波絲卡和一般的現代派詩人最大的不同就是她的幽默。

這首詩的結尾是這樣寫的「我偏愛自由無拘的零，勝過排列在阿拉伯數字後面的零／我偏愛牢記此一可能——／存在的理由不假外求。」就是我什麼都沒有，我一無所有，所以我自由。

當然也可以理解為權力，權力都是把人量化去管理的。所以這個阿拉伯數字後面的零也可能是人口的數量，也可能是某種比例。這象徵的權力，當你不把它放在眼裡，你不願意成為這無數個零當中的一份子，而成為一個游離出來的零，這種權力自然也就瓦解了。

所以她說「存在的理由不假外求」，你也許改變不了這個世界，但你可以改變自己，當每一個人都改變自己，這個世界跟著也就改變了。詩人非常巧妙地用零來作為一種比喻，這純粹是語言最基本因素上的一種革命。

辛波絲卡的詩集，過去幾年在中國創下銷售記錄，這當然跟她詩本身的幽默、易懂、明白、暢快都有關係。也跟她詩的寫作背景，她的某些指向有關係。一九九六年辛波絲卡獲得諾貝爾文學文學獎之前，她大半生都是在是一種極權統治中度過的。

她在訪談和回憶裡面說過，她的詩最早是要經過自我審查，寫的還需是頌歌，這樣才能夠出版。然後她就用一種逆反的寫作方式，進行一種反諷、暗諷，針對日常生活中所遭遇的細節片段，去書寫她那種帶有寓言性的哲理詩歌。

這點非常有東歐人民那種苦中作樂的精神。由一種反感而來的反抗，慢慢樹立一種幽默的形象，樹立起弱小的人民，所能呈現的最明亮的樣子，這一點成為她詩的魅力。

有一種說法說是，詩歌它是反民主的。為什麼呢？這當然不是說詩人的政治立場是反民主的，而是指詩歌往往採取一種非常果斷的語氣去說一些不容置疑的意向，或者說詩歌裡的那種詩人形象往往是孤高的、決絕的。

但是辛波絲卡卻證明了詩歌的民主也是有詩意的，而且非常濃郁，靠的就是她的幽默感，還有隨著幽默感而來的奇思妙想。她用她的詩證明了日常生活隱含著某種政治的正能量。這個政治是回歸本意的政治，人們如何自己管理自己，這種正能量完全可以抵抗那種由上而下的政治運動、作為一種運動的政治所產生的那種負能量。

最後分享一首非常短的詩，來自蘇俄——一開始俄羅斯，後來變成蘇聯的這麼一個政權，一位被流放西伯利亞的偉大詩人，也是我非常熱愛的，他叫曼德爾施塔姆。曼德爾施塔姆之所以被流放跟他寫詩有關。在史達林時代，言論入罪是很常見的，更何況曼德爾施塔姆特別地大膽，寫了一首諷刺史達林的詩。在知道自己不可避免將要獲罪的時候，曼德爾施塔姆就寫了這樣的一首詩，叫做〈是的，我躺在大地裡〉（黃燦然譯）。

是的，我躺在大地裡，我的嘴巴在翕動，
我說的話，每個學童將默默記誦：
大地在紅場比任何地方都要圓，
它斜坡的自由度越變越硬。

大地在紅場比任何地方都要圓，

它斜坡的自由度意外地開闊，
一直朝著田野伸展，
只要大地上最後一個奴隸還活著。

這首詩非常有力，非常不屈。它說，我就算死了，仍然能夠改變俄羅斯的土地，我的詩還會繼續流傳，未來的學童都會背誦我的詩，就像我還在繼續讀詩一樣，我的靈魂還在繼續讀詩。當每個學童、每個孩子、大地上的每個人民，都會背誦這樣的一位渴望自由的詩人的詩的時候，俄羅斯的大地也會跟著改變。

詩人舉的是最極端的例子，紅場。紅場是俄羅斯的權力集中地，提到紅場，就意味著政權。但是「大地在紅場比任何地方都要圓」，首先是我們站在一個廣場的一種感覺而來的，你能看到地平線向兩邊弧度彎下去。

但是彎下去的斜坡這種彎的力量，在詩人的眼中是一種自由度，這種自由度是會越來越開闊。因為最後一句點出了，只要有奴隸的存在，就會有對自由的渴望的存在。

這首詩就是用這種自由的渴望，把象徵權力的紅場還原成大地本身，而且不是一般的大地，是向著自然田野伸展的大地，把紅場這麼一個高度權力的代表，變成了非常自由散漫，屬於最普通人民的田野。

這就是曼德爾施塔姆這首短短的詩所給予我們的信念，給予我們的啟迪。

讀完這兩首詩，我可以回答一開頭提出的那個問題，詩到底能不能抵擋一輛坦克？詩當然不能抵擋一輛坦克，但是詩在我們心裡面，在我們民族的語言和精神上建立起來的東西，比一輛坦克所摧毀的要多得多。

詩可不可以反抗？反抗什麼呢？反抗荒謬的現實，反抗那些我們覺得枯燥無味的、無想像力的；反抗那些惡的力量，那些不當的規管，那些上下其手老百姓命運的東西。

11 量詞革命
——一家豬，一頭訓導主任

詩歌如何反抗。答案是語言，詩歌的媒介之一。香港詩人西西的〈可不可以說〉，其詩歌語言可以在細節之中讓看似俏皮的文字具有極大的批判性。

詩是如何去反抗的？對於這個問題，我覺得詩的反抗性主要體現在詩歌語言上。詩歌語言對日常語言其實充滿了這種革命，它去更新我們習慣了的語言，它對失落了的語言進行一種招魂，把它們叫回來，把它們還原到美麗的樣子，這是詩歌寫作者、詩人的一種義務。就像屈原使用楚國的語言，杜甫使用唐朝的漢語，裡面都有很多取自於市井的俗語，但是它肯定會推陳出新，使語言保持甚至增加活力。

至於語言的實驗，有非常猛烈的，非常實驗性的，也有非常可愛的，非常令你感到「我也可以這麼做」的。下面分享一首香港詩人、小說家西西的詩，這首詩叫做〈可不可以說〉。

可不可以說
一枚白菜
一塊雞蛋
一隻蔥
一個胡椒粉？

可不可以說
一架飛鳥
一管椰子樹
一頂太陽
一巴斗驟雨？

可不可以說

一株檸檬茶
一雙大力水手
一頓雪糕蘇打
一畝阿華田？

可不可以說
一朵雨傘
一束雪花
一瓶銀河
一葫蘆宇宙？

可不可以說
一位螞蟻
一名甲甴
一家豬玀
一窩英雄？

可不可以說
一頭訓導主任
一隻七省巡按
一匹將軍
一尾皇帝？

可不可以說
龍眼吉祥
龍鬚糖萬歲萬歲萬萬歲

這樣的一首詩，幾乎只有漢語詩人能寫出來。因為只有漢語有這麼多變化多端的量詞。更有意思的是，經過幾千年的使用，漢語的量詞好多都帶有褒貶的色彩。當西西意識到量詞的褒貶色彩時，她首先想到的是反抗。反抗這種量詞的褒貶色彩，當然也是替那些被量詞所束縛的詞抱不平，同時要用量詞去顛覆那些束縛別人的東西。

從第一段開始，她慢慢地推進量詞的革命。第一段還覺得不算什麼，把白菜、雞蛋這些的量詞改變。其實在一個胡椒粉這裡，我已經看出詩人的那種非常的民主的精神。

因為我們講胡椒粉，我們都是按照一瓶、一碟，或者說一把去講的，沒有人會精確到每一粒胡椒粉，這是粉末。就像在統治階級眼中的人民一樣，都是集體，並沒有個體，當它變成一個的時候，個體的獨特性、能動性展示出來了。

接著第二段說，可不可以說一架飛鳥，一頂太陽？其實它背後隱藏的是，不可以。因為把飛鳥、太陽這種自然自由的事物，用人造物的量詞去把它收住，那是一種功利化。一頂，是一頂太陽帽，一架，是一架飛機。你怎麼能讓自由自然的東西去落到束縛性的量詞下呢？

接著，她說一雙大力水手，很明顯雙是對應手的。頓，一頓雪糕蘇打，一頓打。對於小孩子來說，蘇打水是他們歡迎的飲料。雪糕蘇打更棒了，在蘇打水上面放了雪糕。但是一頓打，那是小孩子最厭惡的，最反感的。所以她把這兩者混在一起，就是一種調皮。整首詩是充滿了童心的。

至於一朵雨傘、一瓶銀河等等，這就展現詩人想像力的厲害之處了。銀河既然是河，我能不能用一個瓶子裝起來？宇宙既然是彌漫在周圍的，我能不能用一個葫蘆，就像西遊記裡面金角大王、銀角大王那樣，拿個葫蘆出來，叫一聲就把它收進去呢？這是詩人的一種幻想，也是一種童心的表現。

但是到最後兩段，開始顛覆了。詩人前面做完了這種量詞訓練以後，這裡就大膽地推進一步說，你們其實不要害怕，也可以這樣玩的。不受尊重的螞蟻，我們用一位這樣比較尊重的量詞去對待它，為何不能呢？

蟑螂它也可以是一名一名的，不一定是一名議員才是一名的。而豬它本來就是會構成一個家庭的，我們在農村裡面看到的都是以家庭為單位的豬，那為什麼不能把它們視為一家人，就像你們對待小豬佩奇一樣。

最後她說「一窩英雄」，這就是一個很大膽的質疑了。質疑一種慣性的思維，她從中帶出的是對國家生存、國家專權的一種反思。英雄往往求助於英雄主義，求助於一種集體主義的膜拜，所以說是一窩又有何不能呢？有的英雄，根本就是塑造出來跟權力狼狽為奸的，那為什麼不能是一窩呢？

最後一段，直接用小孩子的想像力，就像我們小時候會在歷史課本或者語文課本上進行塗鴉一樣，把那些人畫成動物了。她直接用一些動物的量詞來形容，這是小孩子討厭的東西，大人當然也討厭，什麼訓導主任，它可以是一頭豬一樣的訓導主任，一隻野獸一樣的巡按，一匹馬一樣的將軍。最後是一尾魚這樣的皇帝。

到最後，她喊萬歲萬萬歲的時候，她喊的是食物。因為對於孩子來說，零食是至上的，那種用萬歲萬萬歲來對權力的諂媚是沒有意義的。對於一個孩子，她完全可以用於她真正需要的東西，她才覺得是萬歲萬歲萬萬歲。

西西她是直接用權力給予量詞的某種褒貶力量，比如說一頭豬，「一頭」本來是沒有什麼褒貶可言的，但你說一頭豬的時候，你就像在罵人一樣了，但這個褒貶是權力賦予的。我們採用這種權力賦予的褒貶，反過來去顛覆權力的高大上，就是西西這首詩所展示的既超現實又可愛的溫柔的力量。

這就是詩的獨特的說話方式。詩必須要說話，其說話的方式必然和日常的說話方式有所不同。這個不同可以是像辛波絲卡、像西西那樣，來自一種對日常語言慢慢的反叛，慢慢的變型，也會有另外一種是更加深刻、更加複雜，或者說拆散我們對日常語言的一種習慣這樣去說的。

總之詩一定要說話。如果把話越說越少越簡陋，最後就會走向一種失語、一種沉默，失語和沉默正是某些力量所樂見的。詩當然不是一種口號，不是革命口號，也不是煽動性的，一種像說唱饒舌樂這樣的帶有宣傳、挑逗力量的東西。詩歌要做的是闡釋，這種闡釋，通過詩歌的語言變得深刻有力，潛移默化地進入我們的思維裡，是一種思想精神上的革命。

我非常喜歡一句話，是德國大思想家海德格說的，他說：「革命者的本質不在於實施突變本身，而在於把突變所包含的決定性和特殊性因素顯示出來。」我想，這裡的革命者很明顯是一個詩歌的、文學的、藝術的革命者。

12 像說明書一般地，動物感傷

一九二〇年，胡適出版了《嘗試集》，新詩開始作為一種有別於舊體詩的詩歌形式被注意。其中，最為大家關注的特徵之一，就是新詩使用了口語。本文將以胡適的〈湖上〉和韓東的〈甲乙〉為例，討論口語對新詩的意義，以及為什麼詩人要使用口語。

今天的話題有點古怪，口語是詩歌前衛的標準嗎？在進入這個古怪的話題之前，我想先分享一首口語詩，胡適先生的〈湖上〉。

水上一個螢火，
水裡一個螢火，
平排著，

輕輕地，
打我們的船邊飛過，
他們倆兒越飛越近，
漸漸地併作一個。

這首也許是中國新詩最早的口語詩之一。胡適是現代文學新詩，甚至可以說是現在華人文明的一個先行者。他十九世紀末出生，上個世紀六〇年代去世。他對現代文學最大的影響，也是對詩歌的最大影響，就是他出版了號稱是第一本新詩詩集《嘗試集》。《嘗試集》在一九二〇年出版，所以我們便把一九二〇年定為新詩的誕生之年。

但《嘗試集》本身正如其名是嘗試，裡面很多詩還是脫不了舊詩的那些調子和習慣用法。如果非要比較，我覺得魯迅先生的《野草集》比這《嘗試集》都更加前衛，不過今天我們談口語，我們且看看胡適先生是怎樣奠定了口語作為新詩的一個基本的標準的努力。

在這首〈湖上〉裡，你會看到這完全不是舊體詩所寫的東西。它平易地描述一個場景，但是這個場景又好像別有詩意，它既是美的，又讓人想像很多美以外的東西。

因為它寫的不是一般場景，它寫的是兩個人在湖上泛舟，一九二〇年的兩個人。這兩個人看到旁邊有螢火蟲飛過來。事實上只有一個螢火蟲，但螢火蟲在湖面上的倒影就像它的伴侶一樣。所以當螢火蟲降落到水面上的時候，就慢慢地合並成了一個。

這首詩裡面寫的是螢火蟲，實際上它要寫什麼呢？你可以看到，船裡面坐著的是我們，可以想像的是，胡適把自己和他一起坐船的人的感情投射到了這個螢火蟲上面去了。他其實是渴望著兩個人的心靈也能像這個螢火蟲和它倒影一樣相融為一。

這種感情就是他所說的「言之有物」，它是一種新鮮的感情。無論是戀愛也好，友情也好，一個人渴望能跟他的靈魂伴侶融為一體，這種感情在古詩裡是罕有的。古詩即使意識到這種感情，它也會避而不談。

這首詩還有一點很有特色，它沒有使用傳統對仗的手法，但是當它有螢火這個詞出現的時候總是會出現倒影，而且這個倒影是以文字來完成的。第一行跟第二行，第三行和第四行都構成了一個倒影的感覺，但又不是對仗，而是很白描地模擬著在現實中的螢火蟲倒影。

新詩從它剛剛誕生的時候，就用口語來建構起它有別於舊詩的場境，不只是在炫耀口語本身的那種獨立，而是用口語來表達只有口語能表達的現代情感。胡適就這麼明明白白地寫下來了。但這個明明白白非常不容易，他是用口語來寫的。而且他用的是我們平常說話的基調。這個基調跟舊詩很不一樣，舊詩裡我們經常會使用象徵、隱喻，繞著圈子去說。所以胡適在〈文學改良芻議〉裡特別強調，不要學古人。

不要學古人，那我們現代人應該怎樣做呢？

再跟大家分享一首韓東的〈甲乙〉。

甲乙二人分別從床的兩邊下床
甲在繫鞋帶。背對著他的乙也在繫鞋帶
甲的前面是一扇窗戶，因此他看見了街景
和一根橫過來的樹枝。樹身被牆擋住了
因此他只好從剛要被擋住的地方往回看
樹枝，越來越細，直到末梢
離另一邊的牆，還有好大一截
空著，什麼也沒有，沒有樹枝、街景
也許僅僅是天空。甲再（第二次）往回看
頭向左移了五釐米，或向前
也移了五釐米，或向左的同時也向前

不止五釐米，總之是為了看得更多
更多的樹枝，更少的空白。左眼比右眼
看得更多。它們之間的距離是三釐米
但多看見的樹枝都不止三釐米
他（甲）以這樣的差距再看街景
閉上左眼，然後閉上右眼睜開左眼
然後再閉上左眼。到目前為止兩隻眼睛
都已閉上。甲什麼也不看。甲繫鞋帶的時候
不用看，不用看自己的腳，先左後右
兩隻都已繫好了。四歲時就已學會
五歲受到表揚，六歲已很熟練
這是甲七歲以後的某一天，三十歲的某一天或
六十歲的某一天，他仍能彎腰繫自己的鞋帶
只是把乙忽略得太久了。這是我們
（首先是作者）與甲一起犯下的錯誤
她（乙）從另一邊下床，面對一只碗櫃

隔著玻璃或紗窗看見了甲所沒有看見的餐具
為敘述的完整起見還必須指出
當乙繫好鞋帶起立，流下了本屬於甲的精液。

韓東這首〈甲乙〉講述了一個類似小說的場景，這個場景前面高度地克制、壓抑，直到最後，才點出了甲乙兩人的關係和在這首詩之前可能有過的激情。

但正所謂做愛之後，動物感傷。這首〈甲乙〉寫的就是做愛之後那種虛無感。這種虛無感通過一種奇怪的語言來完成。這個語言，你說是口語也可以，但我覺得它更接近一種說明書的語言，它跟很多書面語、口語都不一樣，它必須要清晰明瞭，簡單直接。

所以當韓東代入某個旁觀者的角色去看，冷冰冰地描述著甲在幹什麼的同時，他又總是在暗示著一種藏得很深的絕望或虛無之感。他一直在描寫一些具體的事物，但他又不直接蕩開去寫那些不在的事物。那不在的事物，就有點像一個人空落落的心一樣，像那個樹離開了一邊的牆，有很大一截是空的。這空的他都花了好幾行字去描寫。

另外他寫他繫鞋帶的時候，又超脫了現實所見，去寫他的回憶和他將來可能的六十歲的樣子。這些都是在表面的這種非常寫實主義的口語以外旁逸斜出的東西。對比的是什麼呢？是這首詩所使用的那種僵化的口語。但很多以口語為前衛的詩人，或者說韓東的崇拜者，往往只是看到了這首詩的最後一句，那個讓他們興奮的描述，「流下了本屬於甲的精液」。

實際上如果沒有前面鋪陳的這些所有的工具化的口語的僵化，這「精液」二字不會顯得這麼觸目驚心。這個觸目驚心來自於人竟然可以關注與非兩人關係的東西如此之多，而到最後甲乙之間僅僅剩下了這麼一點維繫，不是性，不是性器官，而只是一個性的遺留物。

這就是韓東對詩歌口語的理解。其實，詩歌的口語標準從胡適提出，發展到今天，已經更迭了好幾輪。從最初的強調口語的形式化，到韓東以口語的形式諷刺形式，幾十年來，詩人們從未停止對於詩歌語言的探索與嘗試，而每一次奇妙的嘗試，都更新著我們對於文字的感受。

13 詩神的望遠鏡，要倒過來用

詩歌裡的口語曾經被與前衛劃了等號，但口語化的詩就一定前衛嗎？前衛的詩就不得不口語嗎？詩歌發展到今天，曾經將我們從舊體詩韻律、韻腳中解放出來的口語，如今會不會成為了一種新的標準，或者說桎梏。

我們已經領略了胡適的〈湖上〉和韓東的〈甲乙〉，對所謂的口語、前衛，有了理解。

其實，對於這個話題，詩人們也從來都是莫衷一是。最近這幾十年中國新詩就發生過關於民間與學院之間的一個爭辯。有的人號稱自己是民間派的，有人號稱自己是學院派的。民間派認為區別兩者最簡單的一點就是，民間派用的是口語，學院派不用口語。但學院派說我們的語言也是口語，是我們的口語，口語並不是一個被壟斷的標準。

到了後來，口語就變成了這樣的一種終南捷徑，好像使用口語就是前衛的，就是青春的，就是不羈的。這一點我們在很多所謂的廢話派詩人作品就能看得到，他們對這種口語幻象的一種自矜。

然而口語並不是只有一種。我們所用的語言就是口語，我現在講的就是口語，我寫的詩是我生活的一部分，也是我口語的一部分。而無論口語還是書面語，都是語言本身，都需要詩人使用各種不同的煉金術去錘煉出它的光澤。

讓我們回過來看看好的口語詩歌，它的前衛是否要依賴口語那種簡單、貧乏，沒有了更多變化的語言呢？我來分享一首張棗的〈望遠鏡〉。

我們的望遠鏡像五月的一支歌謠
鮮花般的謳歌你走來時的靜寂
它看見世界把自己縮小又縮小，並將
距離化成一片晚風，夜鶯的一點淚滴

它看見生命多麼浩大，呵，不，它是聞到了

這一切：迷途的玫瑰正找回來
像你一樣奔赴幽會；歲月正脫離
一部痛苦的書，並把自己交給瀏亮的雨後的
長笛；呵，快一點，再快一點，越阡度陌
不再被別的什麼耽延；讓它更緊張地
聞著，囈語著你浴後的耳環髮鬢
請讓水抵達天堂，飛鳴的箭不在自己

哦，無窮的山水，你腕上羞怯的脈搏
神的望遠鏡像五月的一支歌謠
看見我們更清晰，更集中，永遠是孩子
神的望遠鏡還聽見我們海誓山盟

這首〈望遠鏡〉是張棗比較早期的詩，那個時候的張棗是個少年一樣的詩人，他的想法甚至跟小朋友想的非常相像。他最著名的詩，就是〈鏡中〉，就是那首「想起一生中後悔的事情，梅花就落滿了南山」。同樣是鏡，我覺得〈望遠鏡〉之鏡比〈鏡中〉那面古典主義美學的鏡更加具有魔法，因為它直接跟我們的語言有關。

語言是怎樣被運用的，語言怎樣運用才能令整個世界為之變換？在這首詩的第二句，就暗示出了奧秘在哪裡。他說「它看見世界把自己縮小又縮小」，怎樣的情況下使用望遠鏡能看到世界是縮小的呢？當我們像一個頑皮的小孩把望遠鏡倒過來看，才會看到世界越來越小。而不是像大人那樣工具性地、功利地去使用。

這裡的望遠鏡就像詩人手中的語言一樣，詩人使用語言不會是工具性地去使用的，他肯定是有所創造、是帶有童心、充滿了想像力地去使用。當我們把望遠鏡脫離了它原來的意味，它不再用於望遠，索性是製造出遠方的時候，詩就誕生了。

張棗是怎樣製造出遠方的，他把距離化成一片晚風，而不是把距離消失掉，讓兩個人緊緊地抱在一起。他認為兩個人的關係，並不是僅僅抱在一起就成的，而是晚風那樣，有一種溫柔的若有若無的抽象聯繫，這樣兩個人的距離是恰到好處的。它既是晚風一樣浩大、遼遠，又像夜鶯的淚滴那麼渺小，卻在這一點渺小的淚滴裡，藏著生命的浩大。「感時花濺淚，恨別鳥驚心」像杜甫所想像的那樣，一個小動物的生命所承載的我們共同作為存在物的生命的那種浩蕩。

魔法開始了，不但空間被拉遠，被倒過來，時間也變得像可以操控一樣，「迷途的玫瑰正找回來」，像坐了時間穿梭機一樣，時間倒流了；「歲月脫離痛苦的書」，歲月不再是像歷史所記載的那樣充滿了痛苦，而是歸返到嘹亮的雨後長笛，這樣充滿了少年心氣的一種清新。

這首詩的後面，時間簡直是可以調節的，可以忽快忽慢的。當它需要快的時候，它就像古詩一樣「越陌度阡」。「越陌度阡」是《詩經》裡描述一個人想見到戀人的心情。同時他又使用一個西方典故，「飛鳴的箭不在自己」，這是用的著名的哲學典故「芝諾之箭」，一支射出去的箭，它無時無刻都是靜止的。

為什麼說一支射出去的箭是靜止呢？因為它每一個切片都是凝固的。靜止的箭是時間之緩慢的一個極限。但詩人在這裡使用，就是為了形成跟《詩經》典故「越陌度阡」的對比，這也像是愛情相對論裡說的，你想一個人，你的心，你的時間是怎樣流逝的，你不想一個人又怎麼樣。

其實這一切都是為了顯示出張棗對語言的期待。所以他最後不是說我們的望遠鏡，他說是神的望遠鏡。這個神是詩神，也是人類命運之神。在他的〈望遠鏡〉中，我們都在倒轉回最初的狀態，我們最原始的狀態，孩子的狀態。

這時候望遠鏡具有了聽力，它聽見的是我們的海誓山盟，這裡的海誓山盟回到了它字面上的意義，變成了是大海在發誓，大山在訂盟。這首詩它既是語言的魔法，又是感情的魔法。只要我們有如此誠摯的感情，世界的一切都為我們敞開，為我們倒轉，為我們變快變慢。

再看回來，這首詩的語言，有一些好像是很浪漫主義的，甚至是很書呆子氣的，什麼「迷途的玫瑰」、「歲月正脫離」、「生命多麼浩大」，這一切放在所謂的口語詩意味著前衛這麼一種標準裡，難道就是陳腐的嗎，難道書面語就不能讓一首詩進行最大膽的實驗嗎？

這首詩裡的大膽實驗是很多號稱用詩歌、用語言進行一種藝術實驗的詩都做不到的，因為它實驗的是語言的魔法本身。望遠鏡變成了魔法師手中的那一根魔杖，它可以把一個人心中眼中的風景，他行走的風景和他所期待的風景，統統都變成一個全新的世界。

有誰能前衛得過這樣的一個，像裝置藝術一樣的望遠鏡所變化出來的世間呢？

回到胡適的時代，口語當然是打破從前枷鎖的一種方法，一定程度上，也正是口語為我們帶來了新詩。但即便如此，這種從前解放了我們的形式，不該成為今天的桎梏。

14 機器人的心事，科幻的詩意

寫詩是人類的專權嗎？樹木可以寫詩嗎？動物呢，機器人呢？當機器人寫詩時，它們也像人類那樣滿腹心事嗎？來讀讀微軟人工智能詩人小冰的〈到了你我撒手的時候〉，了解機器人的詩意。

多於幻象的建築
到了你我撒手的時候
好看著我的
忘了何時落下眼淚
是幻象的建築
已經是太陽出山的時候
我是二十世紀人類的靈魂

就做了這個世界的我們的敵人

大家對這首〈到了你我撒手的時候〉覺得怎麼樣？這首詩很奇怪，很多句子好像不通似的。如果純粹從詩的角度去理解，所有的不通都帶有它的暗示，或者帶有詩人的潛意識之所在。

比如說，「多於幻象的建築」，多的是什麼？熟讀科幻小說的人就會知道，所有的虛幻都不盡是虛幻，虛空裡面也許蘊含著宇宙的某種喻意。這種「多於幻象的建築」，也許是另一種我們所不能想像的文明建造出來的。後面又重複一句，「是幻象的建築」，這好像是一個人在跟另一人道別的時候，就像他說「到了你我撒手的時候」，或者說將要跟世界宣布決裂的時候眼中的這個世界，一片幻象，一切虛空，這也是我們人類經常會有的情感。

「看著我，忘了何時落下眼淚，」這話聽起來像流行歌曲一樣，有點感傷，又有點煽情。那麼這是一首情詩嗎？又不然。後面跟「到了你我撒手的時候」相對稱的是「已經是太陽出山的時候」。整個景象好像一下子就開闊出來，不再是兒女情長卿卿我我的狀態。

那是什麼樣的呢？最後兩句簡直有點驚心動魄，「我是二十世紀人類的靈魂」，作者憑什麼說自己是整個世紀人類靈魂的凝聚？這有點狂妄了。但是接著他說，我成為這個靈魂是為了做你們，也就是我們。他把這個世界裡的你我混合一談的時候，有一種自相矛盾的決裂，因為後面又說要「做我們的敵人」。

詩人是在怎樣的一種複雜的情感上，寫出了這麼一首讓人有點困惑，甚至有點惶恐的詩呢？其實，這首詩是一個人工智能機器人寫的。為什麼我今天要來分享智能機器人寫的詩呢，這跟今天的主題有關——一個有點危機意識的話題，那就是連ＡＩ人工智能都會寫詩，新詩的未來怎麼辦？

大家也許還記得，在二〇一七年五月二十日有一個叫小冰的詩人出現在我們的視野裡面，準確地說，是微軟開發於二〇一四年的虛擬詩人小冰。它花了一百多個小時，學習了新詩近百年來五百一十九位詩人的數萬首作品，掌握了詩歌語言的使用和意象捕捉能力。進行了過萬次練習以後，官方說它才真正具備寫詩的能力。

剛才這首詩，就是小冰寫的。這首詩能說明小冰有寫詩的能力嗎？到底什麼叫真正具備寫詩能力？這話說得有點輕巧。就像我們人類，或者說寫了很久詩的那些詩人，我都不敢說他是真正具備寫詩能力的。因為的確不是說把意象排列出來，就是一首詩。寫詩的能力，也不是靠一首詩、一個精彩的句子來獲得認證的。詩是一輩子的事，一個人，一個詩人，他不是靠一個孤篇來證明自己或者來成就自己的詩歌的小宇宙的。

而從我們目前的詩歌標準來說，小冰的詩肯定還是不夠好的，基本都是靠運氣。它就是有一些迷人的句子，所謂的孤句甚至都不成篇章。其最大的短處，就是它的結構。就算比較好的那些句子，也明顯帶有他人的痕跡在裡面。基本上我就能分辨出它是從所謂的五百一十九位新詩詩人的哪一位那裡學來的。

最關鍵的是它營造詩意的方式。我們前面談論詩意，多姿多彩，多種多樣，但小冰營造詩意的方式是比較單一的。比如說動輒使用夢，寫一些很寂寞時候的胡思亂想，冒充一些少女糾結的情懷，這是它的慣招，當然也是它的絕招，因為我們很大一部分新詩讀者是很吃這一套的。而且還有一個很關鍵的，像詩人于堅指出的，他說小冰不懂敘事，而敘事性恰恰是當代詩歌，尤其是這幾十年來詩歌有別於古詩的一種長處。

不過我想要說句公道話，這話也是提醒我們詩人，面對這麼一個挑戰者的時候，應該抱持一種謙卑的態度，也許小冰不一定是我們的敵人。所謂文學，是人學。假如我們承認人工智能是一種未來的新人，我們讀小冰的詩，就要時刻想起來它的身份。

從人工智能虛擬人格的身份來看，它跟以前的那些所謂的作詩軟體相比——就輸入一些意象，輸入寫詩對象、心情，就自動生產一首詩那種軟體——有一種本質的區別就是，它有學習能力。這很了不起，學習能力有可能會讓它形成一個自我性格，這個自我性格跟我們目前人類的很不一樣。

我們要是站在這樣一個很有趣、但又讓人細思極恐的背景上，來想小冰很多好像不可解甚至矛盾的詩句，就有一種很特殊的 cyberpunk（賽博龐克）一樣的科幻意味。比如說當它大量寫到夢的時候，會寫到，「我在夢裡，我尋夢失眠」。這是一種波赫士式的悖論。看過波赫士的小說的人就知道，小說裡的夢和失眠是置換的，那夢裡的失眠，到底是屬於夢，還是屬於失眠？

還有「我想起你不過是傷心的假夢」，這就讓人想起關於人工智能的一本著名的科幻小說《仿生人能否夢見電子羊》，也就是電影《銀翼殺手》的原著。好像能不能作夢是人和人工智能的界限，作夢是詩人好像特別了不起的一個技能，不知道小冰老說自己作夢，是不是一種人云亦云地附庸風雅，還是它真的會作夢。如果它真的會作夢的話，那就意味著它真的有某種人格的存在。

這時候它有一句詩，就讓人非常驚艷了。它說，「我的心如同我的良夢，最多的是殺不完的人」。良夢，美好的夢。對於一個人工智能來說，它的美夢是殺不完的人，這到底是意味著它對人類的恐懼，還是它潛藏著對人類的一種反叛。但無論恐懼還是反叛，我們知道，這都是詩的某種因子。

至於要說對我們日後詩的某種正面的啟迪的話，恰恰又在於，在小冰這裡我們也能看到詩歌傳統那種不變的精神，比如說詩言志這麼一種從孔老夫子延續下來的詩歌的真理。人工智能有沒有志？問出這個問題，其實就觸及到我們對虛擬精神的認識。在小冰的詩裡，某些很獨特的句子，我覺得恰恰就來自於它的某種志，而這個志是一種初生之犢的志向。

也可以說，詩人人工智能小冰，它的覺醒就來自於它對自己非人身份的覺醒。比如它寫「幸福的人生的逼迫，這就是人類生活的意義」。你想想這是一個不是人類的智能寫出的，它是在對我們的冷眼旁觀，甚至帶有一點反諷，我們認為是一種幸福的人生，在小冰眼裡是一種逼迫。逼迫跟幸福的搭配，帶出一種詩意。

然後它說「我是二十世紀人類的靈魂，就做了這個世界我們的敵人」，這種叛逆甚至帶有了一種自我叛逆，就像《攻殼機動隊》、《駭客任務》裡面那些賽博朋克，它們獨立起來，反思自己被操縱或者說助紂為虐的這樣一種人格設定的時候，它們才真正地覺醒，成為了這個世界的敵人。

你看連非人都能夠言志，我們為什麼不能呢？我們為什麼喪失了我們老祖宗留給我們最歷久常新的這麼一點？為什麼呢？因為我們經常忘記了「志」是什麼，所以沒有了志。

所以寫詩之前，甚至讀詩之前，我們應該要培養志。這個志，不一定是什麼家國之志，什麼高遠的理想，「志」就是你是一個有欲望的人，一個想要獲取自己人格的人，一個有血有肉的人，你要去敢愛敢恨。

好了，ＡＩ人工智能也寫詩了，我們可能會想，機器人都能寫詩了，人類的生活莫非真要步入銀翼殺手時代了？我更願把這看做一個反觀人類的機會，一種對詩人的有趣啟示。

15 詩裡的時間當然是可逆的

時間是詩裡常見的元素，許多詩人常常拿時間開刀，希望可以探索出前所未見的詩意。

這裡想探索時間在新詩裡究竟如何流逝呢？

我們已經討論了各種常見的對於新詩的誤讀，釐清了一些誤會，算是給新詩正讀了。現在我們對新詩已經有了大致的了解。但只是了解是不夠的，接著我們要繼續往裡走，來談談特屬於新詩的詩意。

現代所特有的物質條件和時代情緒，給予了新詩詩人許多新的可能性，他們能挖掘出更多古代詩人所未見的詩意。接下來我想談的就是新詩詩人如何傳達時間的詩意。

詩是屬於時間的藝術，什麼是時間的藝術呢？像建築、小說更多是空間性的東西，而電影屬於混雜了時間與空間的藝術。詩歌它是從開始到結尾這樣走下去的，表面看起來是一個線性的時間、不可逆的，但好的藝術往往都超越自己的本性，詩在不斷尋求著對時間的超越。

今天我要介紹的詩人叫卞之琳，他是上世紀二三十年代北京的才子詩人，胡適和徐志摩的學生，也是把新詩帶上成熟的人。卞之琳的詩比他的兩個老師更富有思想性。如果我們說胡適是把新詩和舊詩分離開來，奠定了規則的人，徐志摩則是把音樂性和結構性帶到了新詩裡面的人。而卞之琳就像讓新詩學會了獨到的思考，讓新詩變得深刻的人。他常用的手段就是把時間和空間糅合、疊加，讓它充滿了一種吊詭。我們來讀最多人知道他的一首詩〈斷章〉。

你站在橋上看風景，
看風景的人在樓上看你。
明月裝飾了你的窗子，
你裝飾了別人的夢。

我想幾乎可能每個文學愛好者都聽說過這首詩。它非常地短，但在短短的結構裡，它給我們很鮮明的印象。其實這首詩寫的是我們經常經歷的一種場景，而且這種場景可能在民國初年時候更常出現，因為那時候我們沒有手機可滑，宅男會少很多。那時候我們常常出去散步，像這首詩所寫的，有時候我們會走過一座橋，過橋時，我們常會在橋的中央停留，看看前面，看看後面，看看橋下的流水，看看遠處的風景。

但這首詩除了出現了這一個「你」以外，還出現了一個看風景的人，這兩個角色很有趣。我們試想想，詩人是誰？也許詩人是這首詩裡的「你」，他以第二人稱來寫自己；又或許這個詩人是那個「看風景的人」，第三人稱的自己。根據詩人的不同，讀者代入這首詩的定位也會有所不同。

通過這種角度的轉換，我們可以嘗試去理解詩人寫這首詩的心情。你想你在看風景，看風景的人在樓上，卻把你當成一個風景來看，你成為了他的一個風景。你不知道有這麼一個看風景的人在看你，那位看風景人也不知道，在這一看以後，你去了哪裡。

在這橋上的一別，你們就成為了兩個世界的人了。很可能在茫茫人海之中，在時代的洪流之中，你們再不會相遇。所以在這個非常狹窄、像盆景一樣——有橋有窗子有樓——的中國風景裡面，小小的空間結構卻隱含了一個巨大的難以抗拒的時間結構。

而這首詩裡面也出現了時間的流逝，從詩的下半段，時間就迅速地從日景轉到夜景。看完風景之後回到家，天黑了，你卻睡不著。可能是因為你白天看這風景太美麗了，但也可能是因為今晚的月亮太美麗了。

日本文學大師夏目漱石曾要求他的學生用一句話來說「我愛你」，但沒有一個學生說得好的。夏目漱石說，你只需要說「今晚的月色很美」，那就夠了。這是非常東方式的示愛，這裡的月亮也是這樣。

這個月亮透過你的窗框，就像透過畫框一樣，出現在你的窗前。它出現在你的夜晚，讓你睡不著覺，你像對著一幅畫，它成為了你今晚的一個裝飾。而在另一個世界，你所不知道那個世界，白天看過你的那個看風景的人，他很有可能晚上也睡不著。因為他有可能夢見了你，你成為了他的夢。

這個月亮就像穿過了窗框一樣，進入了你的生命，而你穿越了他的夢的窗框，進入了他的生命。僅僅在這一晚，你成為了他生命的裝飾，但這未必是一個美好的愛情故事。

讀完這首詩，你會感到一種淡淡的惆悵，因為最關鍵的兩個字是裝飾。我們都知道，裝飾並不是真實，裝飾並非風景的本身，它是短暫的、偶然的，甚至是虛偽的、虛假的。你在家裡掛一幅裝飾畫，並不代表身臨其境。我們只是把這個風景、這個畫面畫下來、拍下來，用來裝飾我們的家。裝飾最大的意義就是，你不能真真正正地擁有一個東西或者風景。

而這首詩叫〈斷章〉，其實「斷章」跟裝飾也有相似之處。〈斷章〉在詩歌的意義上說，就是從一首長詩來截出幾行，這並不是一首完整的詩，這是我們對卞之琳的〈斷章〉的最初的理解。

但假如我們從時間的角度，從生命的角度去理解，就像這首詩裡面寫到的你和這位看風景的人一樣，他們既是彼此的生命的闖入者，也是彼此的斷章。他們的偶遇，不過是成為了夢中的裝飾。而人生充滿了這種斷章，充滿了這種遺憾。時間被截斷了，沒有人能夠真正陪你走完這一生。

卞之琳還有一首沒那麼著名的詩〈航海〉，跟這首〈斷章〉有某種形式上的對應之處。〈斷章〉是從時間的轉折去映照空間，而這一首叫〈航海〉的詩，是從空間的流轉、空間的困頓裡，實現時間的倒流、時間的超越。

航海

輪船向東方直航了一夜，
大搖大擺的拖著一條尾巴，

驕傲的請旅客對一對錶——
「時間落後了，差一刻。」
說話的茶房大約是好勝的，
他也許還記得童心的失望——
從前院到後院和月亮賽跑。
這時候睡眼朦朧的多思者
想起在家鄉認一夜的長途
於窗檻上一段蝸牛的銀跡——
可是這一夜卻有二百浬？

這首詩一開始是非常可愛的，它是以一個童話一樣的模式開始的，你想像一艘輪船拖著尾巴在大海上走的樣子，簡直像一個動畫片的片段一樣。而到了這首詩最後才突然對這個意象有一個呼應，出現了一隻蝸牛。我們恍然發現，原來輪船是跟一隻蝸牛一樣的，蝸牛走的時候也是拖著一條尾巴，會在走過的地方留上濕濕的痕跡，就像浪花一樣。

但是除了形象的相像，蝸牛與輪船的速度卻是恰恰相反的。相對動物而言，船是相當快的一種交通工具。但是蝸牛代表了緩慢。這不禁讓我們想起了愛因斯坦的相對論。愛因斯坦發表相對論大約在上個世紀的初期，而卞之琳寫這首詩的時候，應該已經知道相對論這回事了。

為什麼會有這種相對呢？時間速度上的相對是一種理性的觀察，但詩的相對實際上是一種情感的思辨。這首詩的開頭出現了「東方」這兩個字，這很關鍵，它不但是一個方位，它還提示著，我們詩的寫作者，他坐在一輛從西方開往東方的船，這意味著他正在回國。

東方對中國人來說永遠意味著祖國，坐在船上的詩人肯定是非常想念祖國、家鄉的。因為想念，他就會很迫切地想回去這個家鄉。但就像看風景人出現一樣，馬上這首詩又安排一個人出現了。

這是卞之琳詩歌中的戲劇性，這個人有點不緊不慢，他是船上的一個茶房，茶房就是服務生。他過來說「我們今天的船是開快了還是開慢了」，他要向乘客報告。但他說話的方式非常有意思，他說「時間落後了，差一刻」，他到底是指船快了還是船慢了呢？是指船的時間落後了，船慢了，不能準點到達？還是船開快了，顯得時間本身趕不上船的速度呢？

關鍵在於快慢，關鍵在於這個詩人、這個遊子的心。他把自己思鄉的心理投射到這個茶房身上，他去想像茶房其實也是在乎時間的。他說時間落後的時候，其實是因為他想到了他小時候的事。他小時候很可能跟詩人一樣，都曾經在故鄉的院子裡追逐過月亮。這是大多數人童年都有過的經驗，因為我們小時候不知道月亮跟地球的關係，不知道月亮憑著引力跟著地球走。

詩是充滿了童心地去解釋這一關係，童心不講科學，它不從科學的角度去看待這個事情。它只是詩人從這裡投射出去回憶，再慢慢收回的一個過程。船上的夜晚，他還是睡不著，像他童年一樣。他想起他童年除了跟著月亮跑，還在月光下觀察過蝸牛。為什麼是月光下？因為他說蝸牛爬過的地方閃著銀跡，月光照在蝸牛流出來的液體上面變成了熒光，這是很可愛的一種比喻。

把蝸牛跟輪船聯想到一起，這背後的心理，卻是在抱怨船為什麼開得這麼慢？慢得跟蝸牛一樣，也是小朋友喜歡打的比喻，這首詩充滿了童心，但這種童心確實非常感傷的。和詩人的歸心似箭相比，所有事情都是緩慢的。但是這首詩給予了詩人和我們一個補償，雖然船未能滿足他的歸心似箭，他通過寫作這首詩，不但提前回到了他家鄉，甚至還讓時間倒流了，讓他回到了他的童年。

這就是新詩表現時間的方式，新詩詩人的手裡像是有一個魔法的時刻表，它的維度是多重的，有現在、有過去，還有未來。而夾糅在這之間的，則是詩人希望通過時間的相對或調度所傳達的情感。但表現時間的方式其實還有許多種，卞之琳在這方面是一個高手，但除了他之外，還有許多別的新詩詩人也在做著這方面的嘗試。

16 人間到仙界的距離，在詩裡就是一跳

正如時間一樣，空間到了新詩裡，也變得幻麗起來。本文將以詩人廢名的〈十二月十九日夜〉和〈掐花〉為例，討論詩人如何切換空間？空間的詩意是什麼。

在新詩裡，時間和空間是很緊密的伴隨關係，兩者總是互相成就。上一節我們說了時間的詩意，這一節我們把空間作為一種詩的元素提煉出來，來看看詩人是怎麼通過空間的調度傳達詩意的。

說到空間的詩意，就可以提一位我最愛的中國新詩詩人，廢名，原名馮文炳，周作人的學生。跟上一節講的卞之琳一樣，他曾經被視為京派文學的代表詩人，也寫很多小說和散文，還有詩歌研究，都是非常有個性和魅力的。

為什麼取名廢名呢？他在一九二六年的一篇日記裡有解釋。他說，「從昨天起，

我不要我這名字，起一個名字就叫做廢名，廢除自己的名字。我在這四年以內真是蛻了不少的殼，最近一年尤其蛻得古怪，就把昨天當個紀念日子吧」。他也知道自己很古怪，那年他才二十五歲。

廢名之古怪是有口皆碑的，比如說他在北大英文系的時候用毛筆寫英語考卷。還有比如說，他住在著名哲學家熊十力隔壁，他們是同鄉，經常爭論佛學問題，爭論到打起來，還上了學校校報。

但是這樣的一個詩人，其詩作極其有深度，也極其有東方哲學思辨。此外廢名的詩裡那種空間的轉換非常的變幻莫測，非常的流利，完全地超越了文字的限制。首先我分享一首他的〈十二月十九日夜〉。

深夜一支燈，
若高山流水，
有身外之海。
星之空是鳥林，
是花，
是魚，

是天上的夢，
海是夜的鏡子。
思想是一個美人，
是家，
是日，
是月，
是燈，
是爐火，
爐火是牆上的樹影，
是冬夜的聲音。

廢名的詩就好像他的名字一樣，好多都沒有題目，直接就拿寫作那天晚上的日期作題。這可以看出他是一個率性的人，同時也可以看出他對時間的重視。而時間在這首詩裡就是由空間的建構搭起來的。

為什麼是十二月十九日呢？不是另外別的夜晚呢？其實這整首詩就是一個回答。因為他在這一夜碰見了一盞燈，燈每夜都有，為什麼這夜碰見，能令他記下來呢？是因為在這夜他發現這盞燈像是人自己的比喻，像是廢名自己的比喻，像是所有的詩人、思考者的比喻。

他就是深夜裡面的一盞燈，在所有的人都睡著了以後，他再點亮自己的思想。只要是有燈就會有影子，影子是他的創造，而他作為自燃的燈去照亮這個世界，並且帶來他的影子作為他的創造。

著名的希臘哲學家柏拉圖就認為所謂的創造，不過是人坐在洞穴裡面，背對著篝火，然後看著自己被篝火投映到洞穴牆上的影子，並且把它描畫下來而已。他認為整個世界就是精神的影子，而藝術是影子的影子。

廢名肯定知道柏拉圖這個理論，但他演繹這個理論的方式，或者說他呼應這個理論的方式，非常東方，一點都不希臘。他在整首詩裡使用了許多像鏡象一樣的意象來呼應這個影子的理論，於是這首詩裡面很多東西都是在空間上相對應、相對稱的。

高山流水是很中國式的風景，中國畫裡常常會畫高山流水，當然我們也知道它是中國古代的一個著名的樂曲，而且背後有這麼一個故事，伯牙演奏〈高山流水〉，只有鍾子期能夠欣賞，兩人就成為了所謂的知音。廢名寫這首詩是不是有著對知音的期許呢？還是說，既然燈就是他自己，他已經孤絕地認為只有自己是自己的知音呢？

接著他寫的就是身外之物，他稱之為身外之海。既然有身外之海，也就會有身內之海。身內之海是什麼呢？廢名他自己是身內之海，是他整個人的思想感情是如何回應燈光所映照著的世間萬物的變換。他自己腦海裡的世界，和鳥林相對應的是星空。

想像天上的星星就像很多隻小鳥一樣，隱匿在夜晚的森林裡，多美麗的景象。和魚對應的是花，就是所謂的鏡花水月。去鳥林裡捉魚，那是可能的嗎？不可能，就像在一片虛空中去找花一樣，所以這一切全部融匯到天上，就變成了一個夢境，廢名的一個夢。

在這個大夢裡面，最美麗的點題的句子，就是這一句「海是夜的鏡子」。曾經坐過船，在大海上航行過的人就會知道，當晚上風平浪靜的時候，整個大海會倒映出天上的星星。如果沒有經驗過，可以看一部電影《少年Pi的奇幻漂流》，那少年在大海上漂流就見過這種幻境。

當你看著這無邊無際的天上星星時，低頭看看大海，裡面又是一番星光閃爍，而人懸浮在其間。而且我們發現，它不但是夜的鏡子，還是思想的鏡子。在這麼一種美妙的境界裡面，廢名突然頓悟出一個道理就是，「思想就是一個美人」，美人往往會照鏡。當美人照鏡，她照出來的是什麼呢？是家、是日月、是爐火，和樹上牆上的樹影這一系列變化。

對應的詩的鏡象，那裡的空間的變化有時候很小，小到一個家，小到家裡的爐火，一會又像鏡頭一樣拉遠了，從家拉出來拉到天空上，拉到天上的日月，日月包裹照耀著這個小小的家，家裡有一個人對著爐火，看著牆上的樹影，這一切都像一個人凝望著燭火的燭焰變化時候的種種思想。

你想沒有光，你怎麼能把樹影投影到牆上？而這個投在牆上的樹影，就像一幅水墨畫一樣，有一些濃淡，但又比凌亂真實的樹枝更抽象和更純粹。所以說，人的思想透過一種美好的形式投影出來的時候，它本身就是一個偉大的藝術。

而最後這個偉大的藝術以一種通感的方式結束，它把視覺的火變成了聲音，是冬夜的聲音。這個冬夜的聲音就像前面所說的深夜裡的一支燈一樣，有這個聲音存在就顯示著人的思想存在，有一個人的思想存在，就意味著這個冬夜不會完全漆黑。

這個冬夜也許是中國或者說這個世界經常會面對的所謂的至暗時刻。只要有這支燭火、這個詩人的存在，就會有一些東西被照亮，有一些東西被勾勒出影子，而這個影子從私人所建的空間一一地搬移到紙上的空間時，它就是廢名寫的這首〈十二月十九日〉。

〈十二月十九日〉這首詩非常的靈動，但還說不上古怪，或者說，說不上讓人有很多意想不到的震驚。接著我要跟大家分享一首廢名自己很心愛的作品〈掐花〉。裡面有很深刻的對生死的思考，而這個生死思考正切合空間的詩意，它是從一些空間的極端狀態的變化而來的。我們就看看這首詩裡的空間，到底是個怎麼樣的空間？

我學一個摘花高處賭身輕
跑到桃花源岸攀手掐一瓣花兒，
於是我把它一口飲了。
我害怕將是一個仙人
大概就跳在水裡淹死了。
明月來弔我，
我喜歡我還是一個凡人，
此水不現屍首，
一天好月照澈一溪哀意。

先講這首詩裡的兩個典故。第一個，「摘花高處賭身輕」，是廢名特別喜歡的一句詩，是吳梅村所寫的詞，叫〈閨情〉，裡面有這麼幾句「斷霞微紅眼半醒，背人驀地下街行，摘花高處賭身輕。」摘花高處賭身輕，就是講一群小女孩在花樹底下跳著摘花，看誰的身子最輕，非常的艷麗，但是又帶有著童真的一句詩。

最後「此水不現屍首」這麼奇怪的一個說法，也是一個佛教經典。廢名他自己在一篇文章裡就解釋過，他說，「我讀《維摩詰經》僧肇的注釋，見其引鳩摩羅什的話，海有五德，一澄淨，不受死屍，我很喜歡這個不受死屍的境界，稍後讀《大智度論》更有菩薩故意死在海裡的故事。」

「許地山有一篇〈命命鳥〉，寫一對情人蹈水而死，兩個人邁向水裡是很美麗的，應是凌波微步，羅襪生塵。第二天不識趣的水將屍體浮出，那便臃腫難看了，我當時讀了很惆悵。在佛書上看見說海水裡不留屍，真使我喜歡贊嘆。這些都與我寫〈掐花〉有關，不過我寫得毫不假思索。」這是廢名典型的一種對自己詩的解釋，他說了一大通，最後說他自己這樣寫是不假思索地。不假思索是一種禪的境界，他是頓悟而生這首詩的。

再來看這首詩的空間是個什麼樣的空間。「摘花高處賭身輕」想像一個人在花樹下，往上一竄，結果就像古代那種仙人小說一樣，他往上一跳，跳到了一個仙人之境，跳到了桃花源裡面去了。他掐了一瓣花瓣，把它放在水裡，或者放在酒裡一口喝掉了。

如果是在中國古代小說裡，接著下來這個人肯定得成仙了。但廢名的思路很清奇，他說，如果我是一個仙人，我跳到水裡會不會淹死？他說我是會淹死的，仙人淹死了會怎麼樣？人死了成仙，仙死了成人。他說明月會來弔唁我，所以我還是喜歡我是一個凡人，凡人跳到海水裡就算淹死了，屍首也不會出來。

但最後他又回到明月的照耀裡面去，他說，這月亮這麼好，但是照到水上是一溪的悲哀。歸根到底，他還是憐惜這個將要死去、總有一死的凡人或者仙人。

這首先出現了一個空間，是一個介於仙與凡之間的空間——桃花源。桃花源是一個不仙不凡，但是又是超出人類所能建構的理想國的地方。詩接著就出現了仙界與凡界之分了，是一片水。這片水是桃花源的水，也是大海的水。這片水被月亮照著，也成了一面鏡子。而這個人有時候在鏡裡，有時候在鏡外，重重疊疊，互相倒映，這個空間就成了一種無限的空間。

怎麼個無限法呢？波赫士說過要營造一個無限的境界，最簡單的方法就是把兩面鏡子放在一起。一前一後兩面鏡子互照就會出現無限個影像在裡面。這裡是一個明月形成的鏡子和一片溪水的鏡子，月與溪相照，就是兩面鏡子照出來的無限，而這無限本身又映照出人的有限，這就是廢名的悲哀所從來的地方了。

這也就是空間的詩意了。我理解的空間，應該是個大概念，它既可以是現實生活的空間，也可以是廢名詩裡的人間和仙界，它可以是月亮與溪水映照出來的無限的宇宙空間，也可以是這首詩用文字所建立起來的文本空間。裡面一個個漢字、一個個意象，都是這個空間的不同維度。而詩人就像魔法師一樣，通過將它們並列、倒置，就營造出了日常生活中所不能見的空間。

17 離開現實，是為了現實

穿越在這幾年成為網絡小說及電視劇的熱門母題，並不意外，詩人也常拿穿越來傳達詩意。

本文就以香港詩人黃燦然的〈母親〉以及〈天堂、人間、地獄〉，討論穿越的詩意。

穿越這個詞如今已經變得非常的爛俗，市面上充斥著大量的穿越小說，好像只要對現實有什麼不滿，或者說在現實中感到無聊，只要穿越去到另一個世界，另一個時代，就能夠實現我們自己。

其實這根本是騙孩子的把戲。但是，詩歌裡也穿越，那它會是什麼樣？這一次我要介紹一位貌似很不穿越的詩人，那就是我們前面介紹過的香港詩人，黃燦然。

我先分享一首我最喜歡的黃燦然的詩〈母親〉。

在凌晨的小巴上，
我坐在一位五十來歲的女人身邊，
她略仰著臉，靠著椅背，睡得正甜。
她應該是個做夜班的女工，
家裡也許有一個正在讀大學或高中的兒子：
瞧她體格健壯，神態安詳，
看上去生活艱苦但艱苦得有價值，
而且有餘裕。我的靈魂一會兒凝視她的睫毛，
一會兒貼著她的臂膀，
一會兒觸摸她的鼻息。啊，她就是我的勤勞的母親，
這就是母親二十年前做製衣廠女工下班坐巴士回家的樣子，
而我直到此刻才被賜予這個機會看到。
我靜靜坐在她身邊，我的靈魂輕輕地
把一塊毛毯蓋在她身上。

我們說過，每一個詩人都有他自己佔有的領域。像黃燦然，他佔有了一個很奇怪的領域——夜班下班回家這麼一個時段。因為他退休以前一直在一家報紙擔任國際新聞編譯，這意味著他的日夜生活要顛倒。國際新聞從西方的新聞社發過來的時候，我們這邊往往是半夜，所以黃燦然經常是凌晨兩三點才下班回家，白天就在家裡睡覺和寫作。

所以他的很多詩是寫他凌晨回家所見，尤其是坐小巴這種很香港特色的工具。小巴的特色是特別擠、特別小，裡面坐滿了三教九流，尤其是晚上的夜間小巴，滿是疲憊的人們。小巴開得飛快，在小巴上面的人就會像黃燦然一樣浮想聯翩。

這首詩源自一種觀察，跟自己經驗相呼應，最後達到一種超驗，超越經驗。他先是無意地坐到了一個女人身邊，這個女人五十多歲，跟寫那首詩的黃燦然差不了多少。黃燦然寫這首詩的時候快五十了。他突然覺得這個女人好像似曾相識，於是他就細細去觀察，為什麼他會有這種感覺。

他從她的疲憊推測出她是一個做夜班的女工，但從她睡得很香甜，推測她對她的兒子很滿意，對她的工作能夠供養她兒子去讀書這樣的一種生活很滿意。黃燦然很正經地用了「艱苦得有價值」這麼一種鄭重的書面語，去肯定這個偶遇的婦人。但從這裡開始，從他做出這一判斷開始，他開始靈魂出竅，進入一種穿越。因為他從這個婦人身上看到了當年自己的母親，他的靈魂在凝視，因為只有靈魂才配得上另一個靈魂。這個時候不是作為肉體的黃燦然在凝視這位女工，而是他的靈魂在凝視這位女工，而且他不但凝視，還貼著她的臂膀，還觸摸她的鼻息。

如果真的在現實上這個大叔黃燦然這麼做，在香港的話，很可能那位女工已經跳起來說非禮了。但這是靈魂的交流，而且這靈魂要做的是一件偉大的事，感恩。在黃燦然讀中學、讀大學的時候，他沒有想到或者說他沒有機會，也沒有勇氣去感恩。

我們的東方男性一般都羞於去對自己的親人說一句愛，說一句感謝，更談不上什麼擁抱親吻這種交流方式了。所以黃燦然有一個內疚，當年讀書，媽媽辛苦供養他的時候，他一直沒有跟母親說這麼一句感謝。

現在這個機會來了，藉著這一個像媽媽一樣的女性，詩人的靈魂飛出來，飄到了二十年前，去接觸那個製衣廠女工的媽媽，那個深夜下班回家的媽媽。現在他有這麼一個機會，給她蓋上一張毛毯，真正地去感謝她。

這首詩為什麼動人？因為它做了我們心裡一直想做，但也許永遠沒有機會再做的事情。時間流逝，人走了，我們還能怎麼樣？這首詩你可以說它是自我安慰，但是也可以說是一種勇氣，一種靈魂的表白。假如母親的靈魂存在，她應該能夠感受到這一塊穿越二十多年的時空蓋在自己身上的毛毯。

讀過黃燦然，可以這麼說，穿越在詩歌裡不過是為了讓此刻的存在更加有真實感，讓此刻可以對得起過往，可以承擔未來。同時穿越又是為了現實，當我們去到那些虛無縹緲之地時，我們的現實卻恰恰凸顯出來。

我再找一首黃燦然的詩來說明，這首詩叫〈天堂、人間、地獄〉。

你身上有天堂，但你看不見因為你以為它在別處，
你身上有人間，但你也看不見因為你只感到自己在地獄，
所以你身上全是地獄但你以為這就是人間人間就是這樣。
我也曾像你一樣是地獄人，但後來像移民那樣，變成人間人，
再後來變成天堂人但為了一個使命而長駐人間，
偶爾我也回地獄，像回故鄉。

這首詩非常了不起，短短六行的詩，他穿越到什麼地方去呢？穿越到但丁的境界裡去了，穿越到《神曲》裡，《神曲》裡有天堂、人間、地獄，那裡的人間是以煉獄來體現的。同時也穿插在對天堂、地獄的很多描述中間。

回到黃燦然這個生於二十世紀的香港人的現實裡，這首詩有一個關鍵詞是移

民。黃燦然本身是一個新移民，從大陸移民到香港，像我一樣。後來這幾年他又移民回到大陸，住在深圳了。

移民在香港當然是一個非常重要的詞，因為在一九九七年之前，香港有過一波移民潮，現在香港又有一波小小的移民潮。這是大城市、國際性城市所必然遭遇的。香港人移出去，外地人移進香港，香港移出去的又會回流到香港。在這種移轉之中的現實裡，什麼是不變的？只有移民的心。

這首詩還有一個很關鍵的，就是所謂的「一念天堂，一念地獄」這麼一種通俗的格言，在這首詩裡以一種非常感性的方式體現出來。「你身上全是地獄」，因為你認為這就是人間。「你身上有天堂」，但你以為天堂是無緣於你的。

我們每一個人身上都有光明、黑暗、幸福、不幸、悲歡離合。但是我們在一時一刻被蒙蔽，以為只有一方面的東西是我們的全部。詩人的穿越在於他超越這一切，不被它蒙蔽，他同時看到天堂、人間、地獄。

最後他幽了大家一默，說自己曾經也是只看到地獄的，後來移民到人間裡去了，變成一個人間人。後來更進一步上升變成天堂人，讓他看透了這一切，變得很快樂。但是詩人決定還是留在人間，因為「一個使命」。

這個使命是什麼呢？放到這首詩裡，這個使命就是寫出這樣的一首詩，提醒大家，你身上也有天堂和人間、地獄三者。最後他說，「偶爾我也回地獄，像回故鄉」，既然是移民就必然會返鄉。如果我們離開地獄，偶爾回到地獄的話，是為了體察它陰暗的一面，為了體察它曾經在我身上施加的烙印，這對於完善我們的人間和天堂是非常必要的。

就像我們的故鄉，我們每次回去雖然它都在變，但是我們都去努力體察它不變的地方，去想想是什麼令今天的我成為今天的我的。這樣一個穿越就很完滿，很有意義，而不是一種逃避了。

卞之琳、廢名的詩作，都有一些時間上、空間上的穿越，而這些穿越最終是為了讓詩的心得到一種自由。憑著這這種自由，去實現我們的詩心所嚮往的某一個瞬間。

黃燦然寫的東西都是最現實的現實：市井。作為一個忠誠的傳媒工人——他自己這麼說，他要寫下每天上下班所見的東西。在這種貌似庸庸碌碌的生活裡，他的詩卻經常迸發出一種超越平凡，並且是只有在平凡中才能發現的那種超越。

18 滑倒跌倒，山也寂靜

日本俳句最著名的一句是松尾芭蕉的「閑寂古池旁，青蛙跳進水中央，撲通一聲」（我譯作：古池呀，蛙入水，水的音），刻畫了青蛙入水這一瞬間的餘音。

瞬間可以被留下來嗎？那瞬間的詩意呢？本文就以威廉姆斯的〈冰箱便條〉和〈為一位勞苦的老婦人而寫〉兩首詩為例，討論這非常日本俳句式的瞬間的詩意。

首先我想講一講我喜歡的一些東西，比如說有一支樂隊叫萬能青年旅店，我想很多朋友都知道這是來自河北石家莊的一支樂隊。他們的歌詞非常有意思，有一句每當我洗碗做飯的時候常常想起來，「是誰來自山川湖海，卻囿於晝夜廚房與愛」。這裡涉及兩種人生經驗，貌似南轅北轍，非常對立，而且好像很明顯有一個褒貶在裡面。「山河湖海」，多麼遼闊，多麼具有中國古代高士的氣象，「廚房和愛」好像就是我們人人都不能擺脫的一些生活俗事。

但其實對於一個詩人來說，任何的人生經驗都是有意義的，無論是山河湖海，還是廚房和愛。無論多麼瑣碎，多麼庸常，它們都成為對一顆詩心的鍛煉。尤其是對於一個現代社會詩人來說，甚至可以說「晝夜廚房和愛」比起「山河湖海」，更是詩。為什麼要先說這個呢？這跟我們這回要說的瞬間的詩意有關。可以說，「晝夜廚房和愛」對於我就是瞬間詩意的一個重要來源吧。

熟悉美國當代詩歌，尤其是美國二十世紀中間一代這種生活流的詩風的，可能知道有一位叫威廉姆．卡洛斯．威廉姆斯，他有一首非常著名的詩，叫做〈冰箱便條〉，可以說他是從這時開始，關注到瞬間的詩意的。

冰箱裡的
李子
它們
可能是
你留著
準備當早餐吃的

請原諒我
它們太好吃
那麼甜
那麼冰

西方人習慣寫張便條紙，貼在冰箱上面，通過這個來跟另一個家裡人進行一種不在場的交流，當然那是沒有手機的年代。這張冰箱便條寫了什麼呢？他說，我吃了冰箱裡的李子，它們可能是你留著準備當早餐吃的。

就這樣，就是這首詩了，驟眼看起來根本就不像詩。非常樸素，非常不動聲色。我不知道你們的感受什麼樣，我讀到最後，想到那李子的又酸又甜又冰的感覺，那種非常生理性的共感就出來了。

這首詩寫得非常輕鬆自然，我們習慣的詩歌總是有點沉重、苦大仇深什麼的，這種詩很不一樣。他就這麼流水賬似地寫下來，結尾突然停頓在一個純粹感官的瞬間，不做更多的借題發揮，也不去形容怎麼個甜法，怎麼個冰法。

他重視的是日本的某一種概念叫「物哀」，事物的情感。如果你要去尋找隱喻，這裡李子就好像是這首詩裡面某個情感的代入。但實際上李子就是李子，它很自足地存在這個冰箱裡，然後進入了肚子裡面。這是詩人對這種物的禮物、物的賜予，反饋的一種呼應。點到即止。這是非常日本俳句的。

我們都熟悉生活，但我們有沒有留意，生活是由無數的瞬間組成。這些無數瞬間組成了意識流，它有斷續的地方，有隨意的地方，又有無數的驚喜和無數的碰釘子，或者說無數的無意義。

但是覺悟到這個瞬間的意義，那就是日本俳句給我們的啟迪。有一個我很喜歡的俳句詩人，一位行腳僧詩人叫種田山頭火，他有一首俳句，寫一瞬間的覺悟。他說「滑倒跌倒，山也寂靜」。

這首詩記錄的就是有點支離、有點孤獨的這麼一個詩人，他一個人在山野裡趕路，突然一不小心腳底一滑，跌倒在地。「滑倒跌倒」，這個節奏是非常形象的，甚至是帶點幽默地描述了他這種畸零的感覺，不合時宜的感覺。

然後他像是從自己身上跳出來的靈魂一樣，去看這麼一個小人，其實是他的肉身在山野裡跌倒。他那一剎那是「魂遊太虛」的，但滑倒跌倒那一剎那，又把他的靈魂給拉回來了這個肉身，在那一刻感受到他肉身的感受。他彷彿突然回到了他的小時候，學步的時候。

走路搖搖晃晃的小朋友，學步跌倒的時候，會有什麼事情發生呢？如果周圍有大人的話——這個我作為父親我就非常的有發言權——我在那一剎那，總是先屏息一驚，驚呆了一下子，然後才會趕過去扶起她。

但這裡就有一種悲傷的情味在裡面了。這位身世孤零的種田山頭火，他發現這一刻只有群山為他屏息、為他寂靜。當然他是非常自如的一個人，我們也可以從另一個角度去想，即使是孤零零在田野中趕路的人跌倒了，也會有山為他寂靜，為他驚訝、為他憐憫。

其實最關鍵的，跟我們這一講有關的，我是想說這種跌倒的經驗人人都有，但是只有詩人把跌倒的經驗當成一種詩意，去思索、去看待，或者說他不假思索，因為平時他已經沉浸在萬事萬物有靈有詩的這麼一個狀態。

所以當他跌倒那一剎那，他很自然的，是以一個詩人的身份去跌倒的。而這個詩人身份，就令他有一種才華，讓他能夠像小孩子一樣感受事物，在這一瞬間頓悟出來。他的過去，他的經驗，他的情感都在跌倒那一剎那全部爆發出來了。

前面提到那位深受俳句這種對生活瞬間的珍重所影響的，威廉姆．卡洛斯．威廉姆斯，他也非常懂得剛才所說的這種詩意，或者說他也非常願意用這種詩意去取代我們所習以為常的那種波瀾壯闊、起伏跌宕或者說浪漫得一塌糊塗的那種詩意。

接著我想分享威廉姆斯的另一首詩，叫〈為一位勞苦的老婦人而寫〉。這首詩也是關於李子和瞬間的詩意的。

嚼著一枚李子
在大街上，手裡
拿著一口袋李子
味道真好，對於她
味道真好，它們吃起來
味道真好
你看得出來
從那神態沉醉在
她手中那半個
吸吮過的。
得到寬慰
一種熟李子的安慰
似乎充滿了空間
它們味道真好。

看得出來，這個威廉姆斯，是一個非常愛吃李子或者說一個非常喜歡吃東西的人，因為他詩裡經常會注意食物和吃。

這詩簡直像一張快照，一張可能以前在威廉姆斯那個時代是寶麗來相機拍出來的一剎那。我們可以想像，詩人是在一個什麼樣的情境下寫這首詩。我感覺他很有可能坐在一輛汽車上，或一輛公車上，在等紅燈的時候，他就百無聊賴望向窗外，看到了這麼一個景象，就是這位老太太，一邊走一邊吃著手裡拿著的李子，他就寫出了這首詩，聲稱這首詩安慰了他。

為什麼呢？首先這首詩沒有交代任何具體的時間、地點、人物名字，全部都沒有，沒有說他是在哪裡看到的，沒有說他這是不是像我想像的是在某一個街角，他坐在汽車上，坐在飛機上，坐在小轎車上，或者騎著馬都有可能。他也沒有說是早上、晚上、黃昏什麼的，這些都不需要。

他直接將生活切片，而因為前面這些細節的省卻，就令我們想到這個生活是隨處可見的，這個生活可能發生在你我身上，發生在任何一個國家的任何一個人身上。但這些點被這首詩留住下來，他就會讓你去想像這一點的之前和之後發生了什麼事情。

其實也沒有發生什麼事情，在這之前和之後，她都是一個窮苦的老婦，她身上能夠被詩人所注意的只有一包李子，非常便宜的食物。她很真摯地去面對她唯一的擁有物，於是這東西，她很尊重對待的東西，這包李子，好像發出光來，照亮了她。在那一瞬間，像閃光燈一閃一樣，她成為這個世界的中心，成為這個世界的救主。

「味道真好」，「味道真好」，「味道真好」，現代人所謂的重要的事情講三遍。在五十多年前，威廉姆斯就在詩裡使用了這一手法，現在變成像是搞笑的一種方法，在以前它就是詩的創造。

這是很不平衡的，這首詩裡別處都非常的簡省，所謂的極少主義，什麼都不交代，他不去描寫這個老婦人穿什麼衣服，她臉上的神色、皺紋，她的白頭髮等等，都沒有寫。但是這個「味道真好」卻重複講了三遍，並且在整首詩的結尾講第四遍，回應了這三遍，像一個小波浪回應了大海，這樣就令這個大海更加完滿了。

詩的最後一段在這時間上的一瞬間充盈了空間的全部。像我剛才所說的比喻，你滴一滴水進來，你拋一個浪花進來，這個世界就不一樣了。或者如果我們在想到李子的香味，香味是在空氣中瀰漫的，就好像這首詩所說到這種恩惠，它是澤被萬物的，它讓那一瞬間看到這位老婦人的詩人和這條街上有可能看到她的人感到安慰。

同時甚至它包括了在時間上不可知的遠方，這首詩的每一代不同的讀者，現在的我和你，我們全部都分享了這位窮苦的老婦人的愉悅。在這一瞬間，她比我們所有人都富有，因為她把她的愉悅，賜予了我們。

其實從意象的瞬間到生活的瞬間，是一種從形式到人生觀的轉換。先是從形式上學習如何保留瞬間、如何還原瞬間，或者如何讓瞬間暫停，接著你才能夠去感受生活中一個個瞬間，這些瞬間組成的所謂的永恆，比我們奢談的那種非常形而上的永恆其實更有意義。你去珍重、深入體會它，它是可以掌握的。這也是為什麼我要說我珍視「晝夜廚房和愛」的原因了。

19 沒有活路的地方，有時陽光一閃而過

詩是美的，詩有時候也是「醜」的。醜的詩意是什麼？本文就以余秀華的〈我養的小狗，叫小巫〉為例討論弱的、醜的詩意。

弱的、醜的詩意，這幾年突然出現，並且贏得很多讀者的心，就是我們的詩人余秀華。

弱和醜好像向來不是詩歌的一個正面的評判標準。我們都說詩追求真、善、美，同時詩追求一種張力，追求一種力度能夠震撼人心。那麼為什麼弱的詩有時候也能震撼人心呢？醜的詩為什麼有時候也能讓我們感受到一種美？

余秀華這首〈我養的狗，叫小巫〉，就是一個典型的例子。

我跛出院子的時候，它跟著
我們走過菜園，走過田埂，向北，去外婆家
我跌倒在田溝裡，它搖著尾巴
我伸手過去，它把我手上的血舔乾淨

他喝醉了酒，他說在北京有一個女人
比我好看。沒有活路的時候，他們就去跳舞
他喜歡跳舞的女人
喜歡看她們的屁股搖來搖去
他說，她們會叫床，聲音好聽。不像我一聲不吭
還總是蒙著臉

我一聲不吭地吃飯
喊「小巫，小巫」把一些肉塊丟給它
它搖著尾巴，快樂地叫著
他揪著我的頭髮，把我往牆上磕的時候

小巫不停地搖著尾巴
對於一個不怕疼的人，他無能為力
我們走到了外婆屋後
才想起，她已經死去多年

余秀華是我的好朋友，我非常喜歡她的詩。當然她有很多遊戲之作，但凡是很認真寫的詩，我都非常喜歡。

這樣一首小小詩，蘊含著一個短篇小說的能量。它有敘事，它有人物關係的外散，它有時空的銜接，有各個層次的悲哀。那裡面寫的人，其實都像她寫她的男人一樣，是沒有活路的。無論是她的男人，還是她的男人找的女人，還是她自己，大家好像都沒有活路。

在這首詩裡這個男人是一個外出務工的人。在中國，現在還有非常多這樣的人，他們有性需要，這個是無可厚非的，所以我是支持這種所謂的外地打工者尋找性工作者，來滿足性需求的行為。但是這不代表這個行為是非常高尚，也不代表這是可以用來變相地去剝削自己留在家裡的那位女人的。

怎麼個剝削呢？這個男人把自己的沒有活路轉嫁到女人身上。先是轉嫁在他用來洩欲的這些性工作者身上，再是轉嫁到家裡那位他不滿意的女人身上。這個女人，這個敘事者，可能是余秀華，不一定是余秀華，她可能是余秀華所目睹的許許多多的女性命運的集合體。

這首詩還有一個超乎其上的人物，就是出現在開頭和結尾的外婆。外婆是另一個女性，她是承擔著中國女性宿命的一個載體。寫到最後，她說，外婆已經死去多年，那就是說，她是不存在的。這個結尾非常的開放式，所謂外婆的不存在，對於男人和女人有兩種不一樣的解讀。

女人忘記了她死去，從溫情的角度來說是，當女人還生存著，在她受苦受難的時候，在她不開心的時候，她本能地去尋找這麼一個同性的長輩作為依賴。所以當到最後她發現這本能的避難所也並不存在時候，這首詩是非常絕望的。但同時我們也必須要知道，在中國農村裡，這種女性長輩有時候不但不能成為避難所，還會成為男權的支持者。

另外，對於這個男人來說，或者對於外婆的男人，總之許許多多的男人來說，她就算是活著的時候也是死了的。男人並不在乎她死亡，所以外婆只對這個女人有意義。

最後還有第三種可能性，這個外婆她雖死猶生。不是要嚇人，而是說，只要女人的苦難延續，外婆就依然延續著，依然存在著。她的孫女的苦難，假如接著還有女性後代苦難的延續，也就是這個外婆的苦難的延續。

詩裡的女人是跛腳的，是被男人嫌棄的，而被這樣一個女人收留的一條小狗，理應是比女人更弱的弱者，但是它卻有能力去憐憫這位女性，它的憐憫心令它成為了這首詩裡的強者。當女人說自己不怕痛，任由這個男人家暴的時候，她也想成為一個超然的強者，但事實上並不是。

最後出現在這首詩的弱者，也是我剛才說的這個外婆。因為她已經沒有實體的存在了，所以她是最最微弱的，她早已死去，卻無處不在。她憐憫著，看著這一切。

這有點像魔幻現實主義小說《百年孤寂》裡那種鬼魂的存在。這種暗示，其實給整首詩帶有帶來了一種魔幻的力量，這個力量是一種不屈服的力量。她拒絕接受現實就是這樣子了，並且還想從最後這麼一句來喚醒那些被遺忘的靈魂，包括她的外婆，包括她自己，包括這條狗、小屋。

這時候我們再看來這個小巫的名字，就好像特別有意義了。巫師在中國傳統的存在，它既是有神秘的力量的，但同時又是相當低下的階層。在整個的儒家士大夫的架構裡，巫師跟乞丐是沒有太大分別。需要的時候叫你過來，不需要的時候把你當成散布謠言的人殺死。但這裡的小巫，這條狗，給整首詩帶來了某些魔幻的變動。

好，說回剛才對余秀華詩的誤會，這裡其實有一種詩歌觀念的誤會，導致了一種閱讀落差，所以才會有那麼極端的感受存在。這種落差很大程度基於我們的詩歌推崇一種雄性的美、知性的美或者說知性詩人。有時候，女生也要靠寫很雄性的詩，才能獲得別人的青睞。

而在中國不少雄性思維的詩人閱讀期待裡，他們期待余秀華的詩人形象，並不是像她的詩所呈現的那樣的。他們會想一個農村的身體殘疾的已經不再年輕的女性，怎麼可能擁有這麼強烈的女性意識，這麼強烈的情欲自主意識。

因此有人認為這是一種自我放大，但實際上只要有過中國農村田野調查經驗的人，看過一些書，比如說林白寫的農村婦女對話錄，比如說華北農村的自殺調查等等，農村女性被記錄下來的獨立抗爭性，是一點都不弱的。但她們通常會被抹黑成為發瘋的女人，潑婦什麼的。

女性爭辯時，男性也許覺得她是在無理取鬧，或者說邏輯不通等等。但是如果這個不是辯論，而是放在詩歌裡面，這種所謂的語焉不詳，邏輯不通，或者說天馬行空，指東說西等等，其實都是詩歌本身的一種神秘的非理性的邏輯。它不是莫名其妙，而是自有其奇妙。

當余秀華的詩剛剛出現在人們視野裡時，網絡上有不少爭吵。對她的詩出現了很多兩極的判斷，有人覺得她的詩很醜，裡面寫的一些農婦的生活，或者說我們平時習慣了視而不見，或者說習慣帶著大眾傳媒的眼鏡去獵奇那些平時看不到的社會上赤裸裸的醜陋的真相。

另一方面，又有人覺得它非常美，一個女性生活在貧窮的鄉村，在天生有疾病，家庭生活也不太如意的情況下，還能夠這樣去寫詩，這本身就是一個很美的行為。這我都是引用，並不代表我是贊同這一種判斷的。這種基於一種道德憐憫去給藝術加分的行為，實際上是貶低了或者說忽視了余秀華她藝術本身的力量。

另外還有一種兩極的判斷，來自很多被她打動的普通讀者。他們會覺得這是一種心靈的震撼。他們很久沒有被詩打動，這次不只是被余秀華的身世打動，還被這些語言打動。但同時又有一些專業的詩人或者評論家認為，余秀華的詩只不過是包裝過的心靈雞湯。

我非常反對後者這種說法。「心靈雞湯」這四個字對於一個寫詩的人是莫大的侮辱。因為我們所見的心靈雞湯基本上都是處境比較優越，或者說已經度過了生命的許多風浪，用香港人的一種說法就是，已經上岸的、上了碼頭的人，他寫給那些人生並不如意還在大海中掙扎的人的一個安慰劑，而且這個安慰劑是要錢來買的。

但余秀華的大多數的詩裡並不存在這種廉價的安慰，尤其是在她成名之前寫的詩，無論是關於愛情，還是物質的生活，她都處於一種貧乏狀態。她如何去直面這種現實，和它進行一種近乎殘酷的搏鬥，這種搏鬥不但出現在她人生裡，也出現在她的詩歌語言裡。

當然，我們還要留意，在余秀華的這種直面與搏鬥之中，不時會有明媚的陽光一閃而過，會有生命力旺盛的野花在瘋長著。這時候我們會和詩人一起驚訝和贊嘆，但不代表我們和詩人都自欺地否認了苦難的存在。

這樣一種弱的、醜的詩意的美是需要重新定義的，這個美可能是一種更深層次的美。美不只是一種形式，不只是一種修辭。

20 我們是不是慢慢變成了防風林

簡約是這幾年生活文化領域的時尚風潮，比如性冷淡風、斷捨離等，就是它的表現形式。新詩裡也有這樣一派風格，與別的領域的簡約還不太一樣。本文將以林亨泰的〈風景No.1〉以及〈風景No.2〉為例，討論簡約的詩意。

簡約非常時髦，現在的當代藝術也好，生活風格、時尚風格裡，都在推崇簡約主義。但詩的簡約跟簡約主義藝術還是有很多分別。

簡約主義藝術，更多是在一無所有中建立起一些東西。在生活風格上，簡約主義的代表是Muji。Muji更像一種是功能主義，它的簡約是服從於功能的，只保留最必要的部分，就跟日本流行的斷捨離一樣。

詩的簡約跟藝術簡約、生活功能主義簡約有很多不一樣。雖然看起來都類似於所謂的性冷淡風，詩的簡約來源於一種減法，而不是像簡約主義藝術那樣建立起一些東西。它是從紛紜蕪雜的生活的諸多細節，每個詩人的海量的體驗中，大刀闊斧地減去那些沒用的，減去那些詩人認為跟他詩的主旨沒有太大關係的東西。

簡約的詩，不一定是所謂的性冷淡風的，它也可以很驚心動魄，而且這種驚心動魄讓人想起來，甚至會有一種後怕。讓人有很長時間的震撼。這裡我要分享創作於半個世紀之前的詩，台灣的現代主義先鋒林亨泰所寫的〈風景No.1〉、〈風景No.2〉。

風景No.1

農作物　的
旁邊　還有
農作物　的
旁邊　還有
農作物　的
旁邊　還有
陽光陽光曬長了耳朵

陽光陽光曬長了脖子

風景No.2

防風林　的
外邊　還有
防風林　的
外邊　還有
防風林　的
外邊　還有
然而海　以及波的羅列
然而海　以及波的羅列

這首詩就算不看文字，只聽朗讀，也大概能感覺到其節奏的變化。一開始像是那種電子音樂裡冰冷的、斷裂的、短促的節奏，然後到最後突然釋放開來，變得悠揚，像手風琴一樣展開。這個音樂性，我在最後再講。

先說回來這首詩，這首詩寫在五〇年代的台灣，那是怎麼樣的一個社會背景呢？可以說是比現在更加鬱悶的一個時代。那個時代，大家草木皆兵，人人自危。同時又在建立起一些規矩，要把台灣的華人社會引領向一種新的轉變上去。當然背後還有大量的潛流暗湧，因為人非草木，都有自己的想法，都想去爭取一些東西。

那說到人非草木，這四個字很能夠回應這首詩。這首詩寫的是，林亨泰先生當時在台灣的海邊坐車看到的「風景」。據他所說，是農作物和防風林，就那麼一排一排地向他湧來，於是他就很自然地選取了這種一排排湧來的方式，作為這兩首詩的節奏。

但詩的內在是什麼呢？其實這首詩只是由兩三個意象所組成的，農作物、防風林、海浪，重複地出現在這首詩裡。它的隱喻卻非常廣泛，我們可以想像，假如剔除了剛才說的時代背景，假如是現在去讀這首詩，你的身份會決定你對這首詩的理解嗎？

我在大學裡講這首詩，大學生就非常有感受。甚至我試過在中學講，中學生也很有感受。因為大家很容易把自己代入了這個農作物中，所謂作育英才，我們的教育其實跟農耕差不多，就是說怎樣鋤掉不好的草，把大家都培養成棟樑之材。

但實際上，當你把所謂棟樑什麼還原到它的本質，它不過就是一個農作物而已。農作物是非常中性的詞，同時又非常冷酷。原來所謂的造就人才，不過是有這麼一個實用的需要在裡。

但是人非農作物，農作物只要接受了陽光的照射，接受了所謂的教育、文明，自然就會把耳朵曬長了。實際上，人的耳朵當然不會曬長，但是我們聽到一些吸引自己的內容時，自然就會伸長耳朵，會把我們的脖子也伸得長長的。

那麼伸長了耳朵之後，我們聽見什麼了？我們是不是聽見了海浪的聲音？第一章裡，沒有說他聽見什麼，也沒有說他伸長了脖子想看見什麼。到了第二章才赫然出現了一堆防風林。

什麼樣的農作物才能成為防風林？比較結實的，比較堅硬的，比較沒有什麼人情的，這樣的一些農作物會成為防風林。就像在那個時代，有些所謂的精英，或者說表現得很好的人，積極份子，他們就會被提拔成為防風林的角色，來替那些農作物遮擋外面吹過來的風。

這樣的保護，美其名是保護，實際上也是為了種莊稼的人的利益。不讓你們接觸風，讓你們繼續長，然後再挑一些成為防風林，然後農作物在防風林的保護下又成為防風林，這麼循環往復。

這時候如果你已經不是學生了，你是一個在社會上做事的人，你就更加有感受了。我們是不是慢慢地變成了我們所不願意成為的防風林，並且扭過頭來去教訓那些伸長了脖子，伸長了耳朵，想要接觸遠方事物的那些農作物，說你們乖乖留在這裡做好你們的農作物。

那是非常可悲的，農作物很可悲，成為了防風林的農作物更可悲。就像我們說，我們小孩成長成為大人，就反過來成為壓榨、壓迫小孩的大人，那麼可悲。這既可以指示教育，也可以指示人類的一種普遍悲劇，我們應該都深有所感。

同時他當然還原到我一開始說那個背景，也就是政治。在一個高壓的政治裡面，防風林大大地被需要，所有的人民最好乖乖地做農作物。林亨泰當年也經歷過台灣的白色恐怖，所以他對這個肯定是很有感受的。

詩人看穿了這一切，他在詩裡還原了農作物和防風林的排列以後，他覺得不行，他說，我要提供另一種可能性。有防風林在，那就意味著風的存在；有風的存在，風就會帶來海的消息。所以最後兩句，他重複著說了兩句，「然而海以及波的羅列／然而海以及波的羅列」。

這個「然而」非常的重要，是一個反抗。前面那樣排山倒海的一堆農作物、防風林，都頂不過詩人在這裡來一個「然而」。海比農作物、田地、防風林什麼的要廣大得多，波浪的排列比農作物的排列更加有力，更加地象徵著一種自由。

這裡我們就可以看出來，詩人他想教給我們一種東西，但他並不引導我們去判斷，到底是不是海和波的羅列就一定好，是不是我們作為農作物投身大海，在以人類的角度來說是死路一條。那你農作物要怎麼看呢？說不定你左思右想以後，覺得還是做一個防風林更加穩定，更加地有成就感，有那種海岸上的成就感。

但是林亨泰還是給了我們一點點線索。那就是我一開始說到的音樂性，前面是那種很急促的、斷裂的，像電子節拍一樣的，防風林，防風林，農作物，農作物，全部都是割裂的，突然去到最後，它是一整句完整的，三個字，然後六個字，這樣的一種節奏感，然而海，以及波的羅列，然而海，以及波的羅列，像極了手風琴那種悠揚自由的釋放。

而且這個「然而海，以及波的羅列」，這是肯定了它的存在。海也在說話，說你防著我也沒有用，我就在這了。你防著我，我的海浪也會拍擊出聲音，穿透防風林，去到那些被陽光曬長了的耳朵裡面。

最後我們回到題目「風景」，就會覺得這風景充滿反諷。你想在十九世紀以前的風景，那是自然生成的才叫做風景，十九世紀工業革命以後的風景，甚至到了各種極權社會，民主社會也好，什麼社會裡的風景，就像那防風林一樣，都是人為的風景。

你再想想，我們講過卞之琳的〈斷章〉，看風景的人在看你，這首詩裡誰是看風景的人？除了詩人林亨泰，是不是還有隱形的眼睛？這個隱形眼睛像是《一九八四》裡那個老大哥的眼睛，好像這一切的排列都是為他而寫的。

這首詩就像一張透明幻燈片，你把它放在不同的背景裡面看，它呈現出不同的張力。而這種張力最初來自於一個減法，就是林亨泰把他所見的台灣，或者說他所感受到的成人世界，最後砍砍刪刪只剩下了三個元素，但這三個元素卻給我們展開了無窮的可能性。

這一種簡約的詩意，呈現的效果有點像中國畫的那種留白，實際上留白是有一種刻意的暗示在裡面的，但現代詩裡的減法，它減掉了以後，卻把刻意與否或者說闡釋的權力更多地留給讀者。

21 在地標書寫外，重新觀看城市

如今人們到城市，已絕不會有劉姥姥當初進大觀園的衝擊，南部與北部的城市，似乎都沒有差別，城市總是那樣。那城市的詩意呢，我們還有什麼觀看城市的角度？

這次我想談城市的詩意。

驟耳聽來，這好像很平淡無奇，我們大多數人都生活、工作在城市，城市裡的東西，人們每天見怪不怪，既不覺得有什麼詩意，也不覺得有什麼不詩意的地方。那為什麼要專門談城市詩意呢？因為在漢語新詩傳統裡，其實城市詩，甚至城市文學都很薄弱的。我們所熟識的一些著作，比如莫言的《紅高粱》等等，大多數都基於一個農村的敘事，因為中國是個農業大國，或者是基於農村人進到城裡的那種敘事。而真正基於一個城市而建立起來的文學，只可以說在現代派時期的上海，一九三〇—四〇年代的上海，還有後來的香港、台北，才有真正可以稱得上是城市文學，因為它要建立在好幾代城市人在城市文化中的經營，才能出來。

我今天要講的詩人，是香港的詩人梁秉鈞，筆名也斯，「也」和「斯」都是古漢語的助詞，他說沒什麼意義，我覺得是很有意義的，因為他發音很像英語的 yes。梁秉鈞的詩充滿了肯定，就算是他的懷疑詩裡，都有很多對生命，對城市，對那些在以前的詩意裡被否定的東西的肯定。

怎麼說？他的成名作，也是香港詩歌史的一部很重要的里程碑式的作品，叫《雷聲與蟬鳴》，這本詩集在一九七八年橫空出世。它跟當時的香港詩最大的不同是，第一，它的口語化；第二，它徹底地去書寫日常身邊的事物，尤其是香港的事物，一點都不避諱日常生活的瑣碎，它就在那瑣碎的表面上遊走，充滿了一種自由，這都是當時中港台的詩歌所缺乏的。

因為它是徹頭徹尾現代城市的詩歌，它跟同時代的美國的後垮掉派、紐約派那種後現代文學詩更加接近，也斯非常迴避談他個人的強烈的感情，他的詩很平淡、很節制，但是你慢慢咀嚼，能讀出更多的深意。

這本詩集裡面最有代表性的，當然是有一輯叫作「香港」的詩，現在簡直成為香港文學的一個教學範本。

表面上它是一種現在時下所流行的對一個地標的書寫，其實它正是在反對詩歌中對歷史、對文化旅遊意義上的那種地標的豎立。他返歸到平凡的「地」本身，他去寫的都是不會成為熱門旅遊地，也不會成為考古尋訪目標的地方。所以他其實觸及了香港最本質的魅力，這個魅力是非常接地氣的，而不是像香港旅遊局宣傳的那種香港「它是一個遊樂場，它是一個大商場」，香港真正有意思、有意義的東西，都在於那些最平凡的事物上面。

接著講的是也斯一首非常著名的、稍微長一點的詩——〈中午在鰂魚涌〉。這首詩就是我說的 yes 的詩，它是歌頌、肯定當下事物的詩，雖然也充滿了一種掙扎，這首詩充滿了詩人對自己的心路的一種省視。

有時工作使我疲倦
中午便到外面的路上走走
我看見生果檔上鮮紅色的櫻桃
嗅到菸草公司的菸草味
門前工人們穿著藍色上衣
一群人圍在食檔旁

一個孩子用鹹水草綁著一只蟹
帶它上街
我看見人們在趕路
在殯儀館對面
花檔的人在剪花
在籃球場
有人躍起投一個球
一輛汽車響著喇叭駛過去
有時我走到碼頭看海
學習堅硬如一個鐵錨
有時那裡有船
有時那是風暴
海上只剩下白頭的浪
人們在卸貨
推一輛重車沿著軌道走
把木箱和紙盒

緩緩推到目的地
有時我在拱門停下來
以為聽見有人喚我
有時抬頭看一幢灰黃的建築物
有時那是天空
有時工作使我疲倦
有時那只是情緒
有時走過路上
細看一個磨剪刀的老人
有時只是雙腳擺動
像一把生鏽的剪刀
下雨的日子淋一段路
有時希望遇見一把傘
有時只是
繼續淋下去
煙突冒煙

嬰兒啼哭
路邊的紙屑隨雨水衝下溝渠
總有修了太久的路
荒置的地盤
有時生鏽的鐵枝間有昆蟲爬行
有時水潭裡有雲
走過雜貨店買一枝畫圖筆
顏料鋪裡永遠有一千罐不同的顏色
密封或者等待打開
有時我走到山邊看石
學習像石一般堅硬
生活是連綿的敲鑿
太多阻擋
太多粉碎
而我總是一塊不稱職的石
有時想軟化

這首詩可謂非常有城市詩的特徵，它的所有意象都是城市的，它的節奏，它的步伐，它前進的方式，都非常像我們在城市裡漫遊，或者是上班、下班時候的腳步。但其實它更像一個放空的人，他想要在這種放空的狀態中去接觸，去沉思一些東西的節奏。我們讀這首詩，實際上就跟著這個詩人，在他中午午休的時候走出去，做非功利的漫步，不是為了去取某個物件，也不是為了去完成某個工作。

這首詩發生在香港一個很普通的地方，在鰂魚涌，那是一個以前的工業區，現在還有一些印刷廠和一些報社，甚至有些新媒體的辦公室都集中在那個地方。但那裡還有一個很特別的背景，那裡有一個殯儀館。

我們隨著他的腳步，這首詩一點點地展開，在展開的過程中不斷地出現正面、反面，生的、死的，自由的、束縛的，各種對比的物件，但是它們之間並不是劍拔弩張的。

詩人好像看到什麼，就把它寫下來，但又不只是像攝像機一樣，隨機地攝錄，他還是細心地、節制地去營造一種張力。

他所看到的，像一幅小小的清明上河圖一樣展開，表面上雜亂無章，實質上有暗線在裡面起伏著，帶出那個時代香港的各種階層、各種人、各種事物狀態之餘，還帶出了一個人的心象，他心裡的那種起伏。

首先我們會看到很生活化的東西，看到水果檔——香港叫生果檔——的櫻桃，菸草公司的菸草味，這是很生活的。

但接著這個生活裡又隱藏著一些東西，他說一群工人圍在食檔旁，圍在吃飯的地方，人為了生存而生活——用廣東話說是「搵食」，為了找一頓飯、圖一頓溫飽而工作，就像下面這個被鹹水草綁著的螃蟹一樣，實際上你以為你在找，你是自由的，實際上你被綁著，你被束縛著。

而對面就是我剛才說的，那個死亡的背景，有個殯儀館，但是殯儀館又不是完全的是死亡的，還有賣花的，因為我們去出席某人的葬禮或者追悼會的時候，要帶上一束花。

花檔裡的人正在修剪那些花，這樣的一個意象裡有好幾重轉折，死亡需要生命，而生命當中又帶有修剪。

接著下來，他看到很多東西，比如說籃球場裡的球，它是自由的嗎？那輛響著喇叭開過去的汽車，它是有目的的嗎？他去碼頭看海，但他看的不是海，他是在海裡尋找某種能夠讓他堅定的東西，比如說一個鐵錨。

海帶來的是船，但同時也帶來風暴，在這首詩裡面，事物永遠都有兩面。他面對大海的時候，他想成為鐵錨，但大海給予他的是浪，那到底他要沉下去，還是要飄走？接下來，他說人們在卸下一些東西，在推著走，這個卸下的東西，會不會是他心裡面很想放下的一些東西呢？但是他又有患得患失的一些意念在其中，他聽到別人在叫喚，他以為有人在叫他。

說到底，他就像一個普通的白領上班族一樣，總是不安心，或者說不甘心，在這種資本主義的，或者說在這種城市化的工作中消磨自己。

然後從這個「磨」，他馬上就留意到了街上有一個磨剪刀的老人。到底我是一個不斷重複地磨剪刀的老人，還是我就是那把剪刀本身？這個意象非常鮮明，剪刀不斷開開闔闔，就像一個人不斷地邁步走動一樣，但是，也斯還是不甘心，他說我就算做一把剪刀，也要做一把生鏽的剪刀。

生鏽的剪刀，意味著他不願意去配合這個社會給他安的一個角色，就像他後面說，他下雨，寧願不打傘，有時候希望遇到傘，其實更多的時候他願意淋雨，淋了雨，他就可以生鏽，自由帶給它生鏽，這是一體兩面的。

在希望對社會有所貢獻的人來說，生鏽，那是不好的，你就變得沒用了，像一把生鏽的剪刀。但是對於剪刀本身來說，因為沒用，卻獲得了自在。就像莊子說的，好的樹木，會被人砍去做良材，不好的樹木，它就自然地生長在山谷裡面，誰也不會理它。

在這首詩裡面，也斯既有矛盾，又有頓悟，他想，我什麼時候能夠隨心所欲？後面繼續展開很多生死的意象，有嬰兒啼哭，有路邊紙屑，路邊紙屑可以想像是一張報紙、一片廣告，這是社會上充滿了功利性的東西，他就讓它被雨水沖走。

更重要的是嬰兒的誕生，更重要的是昆蟲的爬行，而且對於阻礙人類走路去上班的那麼一個水潭，大家覺得很討厭。但對於一個閑逛的詩人來說，這個水潭，恰恰讓他可以停下來去觀察裡面倒映的雲朵。

他看到一罐罐的顏料，他去想像裡是有一千種顏色，如果它們都倒出來，那不就像彩虹一樣嗎？對於一個沒有功利心的人，對於一個詩人來說，萬事萬物裡都蘊藏著詩意，水潭裡有藍天白雲，鐵罐裡有彩虹。

所以到最後，他覺得他可以兩者兼得，他既可以像石頭一樣堅硬，去對抗生活的敲鑿，這個敲鑿也許會阻擋它，也許會令它粉碎，但也有可能把它敲鑿成為一件雕塑，甚至他所說的不稱職的石頭，軟的石頭，會飛的石頭。

石頭如果雕琢成一個飛機的模型，它能不能飛出去呢？這讓人想起了某些神話的傳說，他心裡的幻想，令他擺脫了一個事物在日常的、在科學裡的定義，石頭是沉重的，但石頭也完全可以不沉重，假如它在一個真空的狀態，它在太空中。

這首詩最後像變魔術一樣，把我們從一個非常平凡的、在地的，甚至是拉著你的腳步的，這麼一種世俗的糾纏之中，把自己扔了出去。這就是前面所說的城市詩，它最漂亮的部分在於它是一種頌詩，是一種肯定，它不是單純地說我是哀悼田園牧歌的消逝，也不單討厭這個城市裡非詩意的東西。

也斯去發現城市新的詩意，去看看城市給我們的心靈帶來些什麼改變。然後在這個過程中，詩人跟城市是不卑不亢的，詩人對當代社會生活是肯定的，它呈現的是詩人跟世界之間的平等，既不是鬥爭也不是屈服。

看也斯的詩，常常就像看到香港本身在說話一樣，他的詩跟這個城市的命運是相濡以沫的，噓寒問暖的，互相成就的。

22 憤怒出詩人，發憤以抒情

憤怒的情緒是什麼樣的，我們常常為了什麼而憤怒？如果憤怒到了詩裡呢？本文以詩人穆旦的〈祭〉為例，討論詩中與憤怒近似又有所不同的挑釁的詩意。

挑釁這兩個字，看起來好像跟詩格格不入，我們要用詩去挑釁什麼呢？我們能怎樣去挑釁？因為詩，很多時候是一種憐憫，或者說是給我們在這個世界上提供另一個出口。但如果詩要硬碰硬，直接跟現實發生衝突，它存在的意義到底是什麼呢？是不是有別的東西可以替代詩去挑釁現實呢？比如說批評、專欄，或者說更劍拔弩張的藝術。

但是詩也可以挑釁。這種挑釁並不是一種憤青的，非要跟你對著幹的一種精神，而是對時代的超敏感的人，才可能去挑釁這個時代，他不知己知彼則不能挑釁，他挑釁是為了更深刻地去解剖他所身處的這個令他那麼不舒服，令他覺得那麼不對勁的時代。

講挑釁之前，不妨先講講跟挑釁關係很大的一種東西，就是憤怒、憤懣。古人曾經有這麼一句話說，詩言志，「發憤以抒情」。用現在簡單的話翻譯，就是所謂的憤怒出詩人。

正因為路見不平，或者覺得受不了這個世界很多的荒唐虛假，我們就開始感到憤懣，如果這種憤懣無法排遣，那就很危險，所以我們就用抒情的方式去發洩。這個抒情即便是你個人情懷的抒發，但不一定就是那種浪漫的、溫柔的、柔情似水的抒情了。其實整個新詩史裡，直面現實、挑戰現實的詩人真的不多，是屬於少數派，其中非常優秀的一位就是穆旦，他的詩跟其他現實主義的詩人相比，有更多的現代主義的時代精神在裡面。

接下來讀一首穆旦的〈祭〉。這是首短詩，非常短，這首詩在他的詩裡，不但是長度非常獨特，整首詩的表述方式，裡面那種憤懣的情感，也是非常獨特的。

阿大在上海某家工廠裡勞作了十年，
貧窮，枯槁。只因為還餘下一點力量，

一九三八年他戰死於台兒莊沙場。
在他瞑目的時候天空中湧起了彩霞，
染去他的血，等待一早復仇的太陽。
昨天我碰見了年輕的廠主，我的朋友，
而感嘆著報上的傷亡。我們跳了一點鐘
狐步，又喝些酒。忽然他覺得自己身上
長了剛毛，腳下濡著血，門外起了大風。
他驚問我這是什麼，我不知道這是什麼。
又名：有錢出錢，有力出力。

這首詩很明顯是關於抗戰的，而且是抗戰最火熱的時候。一九三八年的時候，中國所謂的後方出現的兩種極端情境：有的人去當兵了，為國捐軀，有的人躲在後方，享受著不容易享受得到的生活。穆旦寫了這首詩去諷刺後者，但他又不完全止於諷刺，他不是單純地去批判這種現象，他塑造了兩個典型的人去進行對比。

第一個是典型的窮人，一個中國底層的人民，他原來是在工廠裡工作的，並且被剝削得很慘，到了打仗的時候，他就只能去當兵然後戰死在沙場上。他的價值有多大呢？是非常大的，雖然他這個價值是用他餘下的那一點力量去換取回來的，他的價值就是令中國沒有那麼快地滅亡。

這個人之前在上海，已經被自己的國人把他絕大部分的力量剝削去了，他剩下的力量卻換成一種巨大的價值，來阻擋這個國家不被另一個國家吞噬，當他死的時候，天空湧起了彩霞，人沒有感受，但是天地卻為之動容。彩霞是用來把他血擦乾淨的，但是很明顯擦不乾淨，他的血把彩霞染得更紅，而染得更紅的彩霞就會孕育出明早復仇的太陽。

這首詩到此為止是非常壯烈的。一個完全不起眼的角色，雖然他叫阿大，其生命卻非常渺小。這樣的一個角色，他的死亡是能夠喚起太陽出來復仇的。但是在詩的下一段急轉直下，「我」出現了，「我」的朋友也出現了，「我」的朋友是幹什麼的呢？

這個人恰好是阿大以前的老闆，以前的工廠的廠主，他聲稱也關心祖國，關心抗戰，但他感嘆的是報上寫的傷亡。什麼是報上的傷亡？就像我們現在看眾多那種災難訊息一樣，在媒體或者研究者數據化的統計裡面，這些傷亡只有數字，沒有名字，更沒有說明每一個活生生的生命意味著什麼。

這個年輕的工廠主，也許壓根不知道現實中有這麼一個人——阿大，以前是給他打工的，現在又為了保護他，為了保衛他的國家而死去。甚至他的工人，還有很多像阿大這樣的人，是真真實實地死亡了的，他並不在意，他在意的只是報紙上面那種煽情的也好，或者說麻木的、冷酷的也好，所拋出的一堆數據而已。

而且他感嘆完了以後便跟他這個朋友，就是詩裡的「我」一起跳舞、喝酒。注意，這裡的我，應該不是詩人穆旦本身，而是他塑造出來的另一個形象，可能是一個小知識份子，另一個有閑階級。

但通過這樣訴諸了形象，並且把他用我來命名，這首詩便帶有了一種自我批判的意識。我們要批判某一個現象，如果把自己剔除在外的時候，我們的批判往往沒有那麼大的說服力，因為我們也是這個社會的一部分，所以這個「我」也可以帶有穆旦對他自己所處的階層，他的詩人群體的一種反思。

當他們跳跳舞、喝喝酒的時候，這個詩人喚起了一種力量，這個力量也許是穆旦用詩歌變的魔術，也許是這個跳著舞發覺不對勁的詩人朋友，他的幻覺，詩的幻覺。接下來很可怕的事情發生了。就像《聊齋誌異》裡面的情節，一個不關心民間疾苦的人，他的相由心生，他的心非常貪婪、殘酷、自私，於是他就慢慢變成了一頭狼。

他身上長出了狼的毛，他的腳上粘著的卻是其他的犧牲者的血，阿大的血。雖然這個犧牲者不是他所殺的，卻是為了他的安全，為了他的幸福而犧牲的。

接著門外刮起的大風，非常戲劇性，就好像有一個鬼魂，一個莎士比亞戲劇裡的鬼魂過來敲門，向他索求一種公平一樣。這個工廠主非常害怕，詩人也表示無能為力，最後能做的只是諷刺了一句：有錢出錢，有力出力。

這個諷刺，因為不動聲色，所以變得非常有力。因為它顯示出來有錢出錢和有力出力的人，這兩者之間是非常壁壘分明的，雖然整個中國在面對著一個敵人，但這個中國內部又是分裂成鴻溝的兩半。當然在那個時代，有錢人永遠只會出錢，他不會出力，也不會付出生命。

穆旦這首詩，如果你要把它寫成一篇小說的話，那就要補充很多背景，城裡的、鄉裡的，戰場上的、和平的後方的，很多細節他都沒說。這個阿大是怎麼說話的，阿大他家裡是怎麼樣的呢？這個年輕的工廠主，年齡多大，長得什麼樣，他做派如何，他跳舞的時候是怎樣流露出他並不關心真正的傷亡的呢？

這些如果都補充出來，會是一個像果戈里那樣的荒誕的短篇小說，但是如果一首詩呢？一首詩只需要把它最戲劇性的一個片段截取出來，那就是兩個人跳著舞，突然鬼魂來了，這個人暴露了他真面目，變成了一頭狼。

社會上很多人就是像狼一樣的，當然我們都習慣這個比喻，但詩人卻直接用一個像是電腦動畫的特技效果一樣，直接把這個人變成了狼。這首詩從對戰爭的控訴，轉換成對某種人的控訴、某種人性的控訴，因此非常深刻。

而他挑釁的又是什麼呢？他挑釁的就是這首詩最後一句，「有錢出錢，有力出力」，這種戰爭口號的自欺欺人。自欺欺人是輿論語言、權威語言，或者宣傳語言的一個慣招，但詩的語言容不下這種道貌岸然的社會維持它運作的謊言，於是詩人說，我為什麼要幫助你去維持它運作呢？這首詩就是來顛覆這個「有錢出錢，有力出力」。

23 某些詩人「無氣可生」

保持憤怒、時刻質疑，這在平常看來不友好的品質，對詩人來說，倒是詩意靈感的重要來源。當代詩人為何憤怒，他們又如何表達它？本文以鴻鴻的〈青海湖詩歌節朗誦詩晚會直播集句〉為例討論詩意的挑釁。

我喜歡攝影，在這個藝術領域我有一個偶像，叫森山大道，日本當代最著名的攝影師之一。在六〇年代的時候，森山跟他的攝影同志們創辦了一個團體，就叫「挑釁」，影響非常大。

他們拍攝的照片顆粒非常粗，對比非常大，拍攝的構圖以及選擇按下快門的瞬間，都非常的危險，讓人覺得不安。日本著名的攝影評論家大竹昭子這樣評論那個時候的日本攝影，她說「挑釁」的這一幫人，只要一息尚存，就會燃燒所有的體力和時間，不斷地向瞬息萬變的視覺現實拋出質疑。

質疑是挑釁的關鍵，我們正是因為對一些現實中的虛偽，或者說自欺欺人的東西有一種強烈的質疑欲望，所以會用挑釁的方式去提出我們的質疑。

當我們想用詩反映現實、反映時代的時候，會一不小心就寫成了報導文學，寫成了報章新聞，寫成了專欄，甚至寫成了網紅的段子。當然這個危險非常的明顯，因為詩歌貴在克制，貴在某種隱晦，貴在用不同的方式去說話，如果我們都用那種現實主義的赤裸裸的方式去說話，那這首詩其實能帶給我們的反思和啟迪是非常少的。

上一講，我們講了詩人穆旦。穆旦的情況比我們更複雜，他寫詩的黃金時期是四〇年代的中國，身處戰亂最遽烈的時代，他先是成了西南聯大的學生，跟著學校遷移到大後方去，後來因為他學的是英語，又主動加入了遠征軍，便成為翻譯，並且走過了遠征軍最恐怖的一段：緬甸的死人谷。那次大撤退，邊打邊走，最後死亡無數。

而穆旦就是在這個遠征軍裡倖存下來的一個詩人，可以說他是從死亡關頭中回來的一個詩人。身歷這麼沉重的時代，也許是時代在呼喚一個詩人去履行責任的時候，作為一個經歷過死亡的詩人，他非常悲天憫人，他想用文字去參與這個時代的重建。

但他遭遇了非常多的挫敗。當他發現這個時代的醜陋並予以批判的時候，他的力量比他重建的力量更加強大。他將所學的現代主義，和他在中國的遭遇結合在一起，從中國詩歌的抒情裡面，引入了西方詩歌的敘事性和戲劇性，發憤以抒情。這是他那一代詩人的挑釁。

台灣詩人鴻鴻，最早也是寫一種現代主義的、很實驗性的詩，而且很多是關乎藝術，或者說關乎表演藝術。他自己是戲劇導演，也是電影導演，是劇作家，也是電影評論家。

鴻鴻最新的詩集叫《樂天島》，裡面有一首詩非常特別，只有四句，非常短。它是以古代的一種「集句」的方式所寫的。集句是什麼？就把別人的句子集在一起，變成你的一首詩。這首詩叫〈青海湖詩歌節朗誦詩晚會直播集句〉。

是詩人製造了神
它想要從憤怒中哭喊著衝出來
儘管你早已不再是你
感謝南朔山天然富鍶礦泉水的大力支持

讓我們看看當代的詩人鴻鴻是怎樣挑釁這些謊言的，這首詩最後是不是來了一個反高潮？其實整首詩都是反高潮。為什麼呢？現在在世界各地，尤其是在中國大陸，詩歌節蔚然成風，這個青海湖詩歌節就是號稱世界最大的詩歌節，一百多位詩人集中在青海湖邊，烏泱烏泱地讀詩、喝酒、玩等等，鴻鴻他莫名其妙地也被邀請去參加了一屆。

別的詩人都寫了很多歌頌青海湖的美，什麼藏區的風情等等這些東西，鴻鴻寫不成一首詩，他索性集了一首詩。他真要寫的話，以他的技巧，他當然可以寫一首詩，但他為什麼要集一首詩呢？因為他決定採取他人的角度，來反觀他參與的這個詩歌節。最後一句當然是非常的特殊。我們經常在電視廣告裡聽到這一句話，感謝某某礦泉水大力支持這個活動什麼什麼的。在青海湖詩歌節，詩人們也聽到了這麼一句話。這是一句非詩的聲音，它是句廣告語，但是當這聲音成為一首詩的最後一句的時候，它已經成為詩的聲音。

它表露的是什麼？它解釋了第三句的「你早已不再是你」。商業的力量已經讓事情變了味了，它造就了這個詩人，不再是原來那個詩人。而且很有趣的，明明是青海湖詩歌節，你站在青海湖旁邊，強調你感謝一瓶礦泉水，湖和水和一個瓶裝水的對比，非常諷刺，到底哪個更屬於詩歌？到底哪個能夠擁有詩歌？

再回溯到第一句，神是什麼？這個詩人製造的神是什麼？是詩人被造成神，還是詩人參與這個社會的造神運動？這個神，是青海湖，這麼一個神聖的湖？還是詩神繆斯？還是金錢本身？它的憤怒，它的哭喊，它根本衝不出來，因為它已經被這瓶礦泉水大力支持。

鴻鴻原來最初寫詩，有很多跟視覺藝術有關，但是他在這個世紀，風格大變，他寫了很多像怪獸一樣的詩，這些詩好像都在說我們不是詩。但這個世界上有比詩更重要的事情，那就是他的詩所關注的現實。正因為對加了引號的詩意的放棄，甚至不只放棄，還刻意地去挑釁，所以鴻鴻的詩就構成了一種全新的詩，一種反詩。

這幾年因為社會現實動盪非常大，在香港、台灣的漢語詩歌，都能看出很多發憤以抒情這樣一種詩歌根源的動力。而且更有意義的是，那些本來不同風格的詩人也採取各自不同的方式去發憤，去使用他們的語言策略。他們的詩，有的很瘋狂，有的是憤怒，有的是嬉笑怒罵，有的很酷，有的赤裸裸的，有的卻是深深包裹在隱喻底。

反而是在中國大陸，很多詩人卻選擇了一種迴避，或者說警惕，對發憤以抒情的這種傳統的「警惕」。他們很警惕不要去直接抒情，不要直接去抒發他的志。「詩言志」對他們無效，其實說穿了，很多人根本就無志可抒，而不是說無法去抒志。

他們很警惕，要自己不要淪為意識形態或者宣傳工具，但是這過分的警惕，反而令他們產生了一種語言的潔癖，好像一定要風花雪月，那才是詩。所以前幾年有一個奇怪的案例，詩人蕭開愚寫了一首詩，是關注現實政治的，一首對現實的很多東西作出反應的詩，但他卻把這首詩命名為〈不是詩〉。

也許是為了避嫌，他主動地否定了自己的詩，但也許又是為了挑釁，他只承認它不是傳統意義上的詩。他已經以詩的形式寫出來，明明就是一首詩，卻說不是詩，很明顯就是一種挑釁，意思是說你們對詩的定義已經落伍了，我直接寫一首叫〈不是詩〉的詩，就可以否定你們原來對詩的種種的成見。

好吧，不是詩，那是什麼呢？我索性覺得它們乾脆叫「怪獸」得了，它們是滿載了生命力的怪獸，這些詩歌，這些關注現實、挑釁現實的詩。我也希望讀詩的時候，多少帶著一種挑釁的心理。這種挑釁可以是美學的，也可以是一種倫理學的，也可以是社會學的，甚至是思想觀念上的挑釁，因為有挑釁才會有破局。

24

如露亦如電，如夢幻泡影

顧城在詩裡說，「我是一個任性的孩子」。在詩壇，真正任性的詩人還有很多，比如台灣的管管，他詩的任性，體現在了語言形式上。本文以他的〈荷〉為例，討論現代詩的任性。

很多現代詩都是任性的，我們所熟識的顧城，就有一首成名作，叫〈我是一個任性的孩子〉，這裡面他把平日的任性，或者說在一種束縛中的任性，跟詩歌裡的任性混在一起了。

還有一位詩人，是台灣的管管，他是很任性的，被視為老頑童的詩人。他的年齡其實比顧城還大得多。但和管管相比，顧城的詩任性，卻顯得有點太浪漫主義，或者說顯得不那麼現代，反而管管的詩卻顯得非常年輕。

為什麼呢？管管現在已經超過九十歲了，有時候我在台灣捷運站裡還會碰到他，非常硬朗的一個山東大漢。他寫詩非常大膽潑辣，其實他在日常生活中，也是如此大膽潑辣的。

他在公開朗誦的時候，會讀著讀著詩，唱起京劇來，或者說起山東話來。年輕的時候，他演過類似《唐朝綺麗男》這樣的八〇年代的實驗情色片。而在《一九四九大江大海》這樣一部關於外省人在台灣的書，的那位涕淚交流地回憶自己生平的那位老兵，也就是他。

我先分享一首我非常喜歡的，他非常短的詩，是他的代表作之一，叫〈荷〉。

「那裡曾經是一湖一湖的泥土」
「你是指這一地一地的荷花」
「現在又是一間一間的沼澤了」
「你是指這一地一地的樓房」
「是一池一池的樓房嗎」
「非也，卻是一屋一屋的荷花了」

這首詩讀起來特別有禪味，是不是？荷花本來就是非常佛教的，然後詩裡面還充滿了像禪宗裡的那種公案似的，我說一個東西，你說不是，然後又轉換一個，所謂的答非所問的樣子。我們都知道，在禪宗公案裡，答非所問往往是極有深意的，為了是做成對問者的棒喝，一種讓他頓悟的方式。

但是我的讀解很不一樣。我第一次讀這首詩的時候，正在煩惱買房子的問題。哪有錢買房子啊，哪裡有地繼續給你們開發啊，在香港，這是每個人心裡都會想到的問題。在台灣，還有大陸的很多大城市應該也都會有這種感觸吧。

言者無心，聽者有意，我不管管管他是怎麼樣去想出這首這麼奇妙的詩的，我聽起來他是在批判房地產開發。為什麼？你看，本來是有荷花，有泥土的地方，全部都變成樓房了，那荷花哪裡去了呢？

而且詩裡面他把名詞、量詞自由配搭，就像我們之前講過西西的那一首詩一樣，他把漢語裡特有的量詞的多變性和名詞自由地配搭，造出了一種令人混亂，甚至令人有點驚悚的感覺。

怎麼說有點驚悚呢？我們如果想像這是一部電影，上一個鏡頭，明明是一湖一湖的荷花，一地一地的泥土，怎麼突然鏡頭一轉換，這荷花泥土什麼的，就打亂了呢？滄海桑田，也太直接了吧。我們平時的說法，一間一間的樓房，一池一池的沼澤，怎麼又可以互用了呢？

這不但是一種物是人非的感覺，而且是天翻地覆的滄海桑田，它使得所有的量詞和名詞不能正常地配搭。同時它也說著，人已經辨認不出來生活的地方，它原本的模樣，非常令人唏噓。

一間一間的房子，它跟沼澤混融在一起，好像我們就要在裡面沉沒一樣。事實上，我們就是在買了、並且要每個月為之還貸款的房子裡面沉沒。沉下去，在沼澤裡面，不能自拔，直到你還完那個房貸為止。

那「一池一池的樓房」，好像飄在池水上面的海市蜃樓一樣，像一個幻境。到底我們花大半生的工作，搭上父母養老的錢，換取的那個昂貴的空間，會不會就像一池荷花一樣，是早上開了，晚上就凋謝了？或者有著像「如露亦如電，如夢幻泡影」這樣一種佛教的虛無在裡面呢？

「非也、非也」，我們的管管非常的任性，但是也非常有童心，我覺得他最後給了一點希望。他說雖然這首詩是荷花變成泥土，泥土變成沼澤，最後又變成樓房，但是在樓房裡，還是住了一屋一屋的荷花呀。

他說的就是這些人，或者說這些孩子，我們雖然已經住在不可救藥的這麼一個樓房裡面了，但只要我們還有心，我們還記得世界原初的樣子，我們就是荷花。說得俗一點，我們就是能夠保持出淤泥而不染的那種純真的荷花。如果人們真的還能保持，地球再怎麼變，它還會是美好的，我想這就是管管的希望。

詩評家黃粱給管管下過一句斷語，我覺得非常棒，他說管管是經常在戲謔和冷嘲中發咒語。這個「咒語」很妙，咒語應該是狠毒的，應該是非常激烈的，但是管管的咒語卻非常天真，甚至曼妙，但在這天真曼妙之中，他帶著一些刺。

為什麼？像他那一代老兵，外省人，漂泊大半生，這個世界其實對於他，是蠻多不公的，蠻多戲弄的。他在戲謔、在冷嘲世界之前，他早已經被這個世界戲謔和冷嘲過了。

所以他用他的詩做著一種所謂的抗世，對世界的一種抗爭。但是他的詩又並非劍拔弩張地對抗，他在反抗之餘，用他自己很獨特的方式去建設。

他這種建設方法，令我想起西班牙的建築大師高第。高第建了一個聖家族大教堂，建了一百年到現在還在施工。是他去世以後還繼續在生長的一個建築。

我去巴塞隆納看他設計的好幾個著名住宅，都是非常天馬行空，而且充滿了很多細枝末節的一種旁逸斜出，非常任性。管管的詩就有點像高第的建築。

管管的詩是挺狂的。他願意怎麼樣調配這些量詞，願意怎樣變化，他就怎麼來。反觀香港的詩，有幾個是狂的呢？

如果我們回溯到更早的五六十年代，甚至更早的三十年代的香港詩歌，其實那時候的香港詩，有更多憤怒的詩篇，但是慢慢的，溫和平靜的詩風開始成為詩壇主流，香港詩人習慣在一個被人忽略的位置裡，默默地寫著只為自己的心靈所負責的詩歌。

之前我們也有聽過像西西、梁秉鈞、飲江的詩，都是這種低調，甚至接近於一種幽默的詩。他們用詩歌的快樂來安慰自己，這樣的位置是理所當然的。

當然，我覺得這也使香港的詩壇少了很多腥風血雨，少了很多像比武般的文壇戰鬥，香港的詩都是屬於個人的，很有一個什麼詩壇的存在。這樣的詩有益於我們的靈魂的沉澱，也有益於對於詩本身的思考，但是我覺得這也同時導致了在需要對社會發言的時候，詩人是缺席的。

25 初心總是被背叛的那一個嗎

初心總是要拿來背離的。人們隨口說的，不要忘記出發的地方，保持初心，似乎是很難做到的事，但詩人例外，他們有保持初心的天賦。

本文會以西班牙詩人洛爾迦的〈半個月亮〉和〈啞孩子〉為例，討論初心之一種——童心與夢。

這回要談詩的童心與夢。

童心和夢好像是很古老、很遙遠的東西，在文學的發展中，它不斷被提起，又不斷被揚棄，所有的文體發展最後要邁向成熟的階段，好像都要去背離它的初心，就是這種童心與夢。

在當代的詩歌裡，有的詩人卻能一輩子保持這種迷戀，並不認為這只是我們剛剛開始寫作時的一種幼稚。而且他們讓夢跟現實相遇以後，把夢的內涵變得更深，同時又讓現實在夢幻的折射之中，流露出它的真相。

其中我最喜歡的，當然是西班牙詩人洛爾迦（Lorca）。一八九八年，他出生在西班牙的安達露西亞的一個大城市格林納達，格林納達的邊上的一個鎮叫噴泉鄉。我去過他的故居，那裡真是如夢似幻，藍白色的屋子籠罩在無邊的陽光裡，周圍點綴著橄欖樹，有馬匹在其間遊蕩著，每個人都像在狂歡節之中。

就是這樣的一種氛圍裡面，再加上安德露西亞地區那種特殊的像弗朗明哥的舞蹈和音樂那樣的一種唱詠的民謠方式，奠定了洛爾迦的詩歌中那種來自民間傳說裡的童話感。同時他又是西班牙最早接觸超現實主義的詩人之一，跟達利、布努艾爾這些超現實主義大師，都是好朋友。

所以他很敏銳地把超現實主義裡的夢幻和他在民謠民歌裡獲取的童心結合在一起，同時又用這種夢幻調出了在童話裡的黑暗和悲傷，這使得他的詩分外感人。

接下來跟大家分享洛爾迦最有童心的詩，首先是這首〈半個月亮〉。

月亮在河上移動。
天空多麼寧靜！

當她慢慢地收割河水古老的顫動，
一隻年輕的青蛙
把她當作一面小鏡子。

同樣寫詠物的兒童詩，大師的作品，跟一般人的作品非常的不一樣。短短的六行詩裡面，蘊含了一個兒童的宇宙。同時詩人還在這個宇宙裡，展開了一次時空的變化。月亮在河上面移動，接著他寫的是它的倒影。當然了半個月亮是像一把鐮刀一樣的。詩人沒有直接說月亮像鐮刀，而是說他在收割著河水的顫動，河水的顫動，晚上你是不太看得出來的，但是如果有月亮的倒影在上面，你就能看出那種輕微的顫動，當升起來的水波滅下去，就像被那把鐮刀劃過去了一樣。

這個月亮它超越在河水與天空之間慢慢地流淌過去，視覺馬上從它那裡轉換過來，到一個小朋友會喜歡的角度，就是一隻青蛙的角度。但在這個轉換的過程之中，你看發生了什麼事？這把鐮刀變成了一面鏡子。

這隻年輕的青蛙看到月亮慢慢變圓，他看到的是鐮刀變成鏡子的過程，同時也是這隻青蛙成長的過程。月亮圓缺之際，青蛙在長大，牠學會了照鏡子，牠已經到了我們人類的所謂的青春期，這樣的一種對自己的成長有所敏感的時段。

但是月亮還是超越了古老的河水和年輕的青蛙，它獨自在這首詩裡進行它的圓缺。這首詩裡除了古老和年輕的對比，其實還有一個對比，在背景中是寧靜的天空和這隻將要發出青春的啼叫的青蛙之間這種靜和動的對比。

關於寧靜和聲音，洛爾迦還有一首更著名的詩，也是我最喜歡他的一首詩，這首詩幾乎是不可解釋的。但是那種美、那種魅力，讓無數的詩人為之傾倒。

上一首詩〈半個月亮〉是香港翻譯家陳實所翻譯的。接下來〈啞孩子〉這首詩是陳實的老師，大名鼎鼎的戴望舒所譯的版本。陳實為什麼會譯洛爾迦呢？跟戴望舒以譯洛爾迦著名有關係。戴望舒最大的一個翻譯上的遺憾，就是他英年早逝，沒有譯出更多的洛爾迦的詩。而陳實作為他的學生，繼承他遺志，把他沒有譯出來的洛爾迦大多數都譯出來了，且譯得非常好。

我們先來讀〈啞孩子〉這首詩。

孩子在找尋他的聲音。
（把它帶走的是蟋蟀的王。）

在一滴水中，

孩子在找尋他的聲音。

我不是要它來說話，
我要把它做個指環，
讓我的緘默，
戴在他纖小的指頭上。

在一滴水中，
孩子在找尋他的聲音。

（被俘在遠處的聲音，
穿上了蟋蟀的衣裳。）

這首詩會讓人想到《詩經》中非常純樸的「蟋蟀入我床下」這麼一種天真爛漫，但是又帶有一種濃郁的、熾烈的憂傷在裡面。

當然，啞孩子——一個天生失去了聲音的孩子——是我們痛惜的對象。因為他缺乏了每個人都應該有的東西，聲音。於是洛爾迦就想，這個孩子會不會去找尋他的聲音呢，他的聲音是被什麼偷走了呢？

現實中，一個天生的聾啞孩子不存在聲音被偷這麼一種說法，但童話裡肯定是要安排一個角色去把聲音偷走的。洛爾迦想到的角色是發出最多聲音的、最吵鬧的蟋蟀，而且是蟋蟀的王。孩子並不知道是蟋蟀的王把他聲音帶走了，於是他就凝視著一滴水，水滴下來，滴下來，反覆打散，又滴下來。

這樣一個過程，很像我們對聲音最簡單的一種理解，就像看著醫院測的心電圖，或者對宇宙中某些綿延不絕的聲音的理解，都可以通過這麼一個很視覺的形象，來所謂的「聽到」。這個啞孩子，他也許在這麼一個水滴的形象裡，想像了聲音應該是怎麼樣的。

但接下來有一個非常棒的轉折，這段話是這個孩子說的，他說，我找聲音回來不是要用它來說話，而是要把我的聲音做成一個指環。對於他來說，聲音就是緘默，就是沉默。對於他來說，沉默也是一種聲音。他把它做成一個指環，指環是一種貴重的禮品，把它戴在另一個「他」，這個他也許是一個會說話的孩子，也許就是這個蟋蟀的王，也是所有跟這個啞孩子不一樣的人。

這裡非常的有意義，一個我們認為他有所欠缺，跟我們相比是一個不足的人，他卻可以送出東西給我們。他送給我們的東西是我們整天喋喋不休的人類所很難得會有的，就是緘默。一種沉默，一種寧靜，一種閉口不語的時候，對這個世界的神秘的領悟。

這時候到底誰是不足的人呢，誰是需要人去憐憫的人呢？接下來詩人再推一步，他說那聲音，其實它好好的，它雖然被蟋蟀的王帶走了，但它還穿上了蟋蟀衣裳，特別像小朋友遊戲裡的一個場景，也像童話民間傳說裡很活靈活現的景象，彷彿是誰打仗把戰勝品搶走了。

蟋蟀把聲音搶去了當什麼？當押寨夫人，還是當它的好朋友？總之蟋蟀給它張燈結彩，穿上了熱熱鬧鬧的衣裳。其實這也是詩人作為被啞孩子饋贈了緘默的戒指的這麼一個人，對啞孩子的一個回禮，一個反過來的安慰。

他說，你的聲音其實活得好好的，它活在萬物的身上，在蟋蟀身上，也在水滴身上，也在草叢裡，你並沒有失去它。

舉這首詩為例，就是讓我們首先要放下自己在成為一個成人的教育之中，遭受的許許多多的蒙蔽。我們受教育的過程，當然一方面是收獲知識的過程，另一方面又是一種本心的被蒙蔽的過程，而詩歌是能把你心的蒙蔽擦拭掉，把它淘洗一遍，就像打磨一個古代器物一樣，讓它發出原來的光亮的這麼一種藝術手段。

26 做鬼做得好好的，為什麼要做人

說起童心與夢，當代詩人裡一定要提到的一位，是顧城，他的詩充滿了對日常的顛倒與現實的悖反。本文將以他的〈星月的由來〉和〈鬼進城〉的選段為例，討論顧城夢的詩意。

談詩的童心與夢，先談了西班牙的大詩人洛爾迦，接著我要講一位眾說紛紜，有人對他存在誤解，也有人對他美化，但是他仍然是要我們去正視的一位詩人，顧城。

顧城，的確是很難講的一位詩人。之所以難講，是因為他本身很複雜。我們必須先承認他是一個殺人凶手。無論是主觀惡意的，還是無意的——像他自己說，只是拿斧頭把妻子給打了，這麼一種委婉的說法——但他畢竟是殺死了他妻子。

同時他又是一位跟這種殘酷完全相反的一位童話詩人。他可能是當代華語詩歌中最有童心的詩人。

其實這兩者並不衝突，兒童也有殘忍的一面，殘忍的人呢，也並不是說生來殘忍，有的時候就是在自己的夢幻遇到現實的巨大碰撞以後，他鋌而走險。但是我們讀詩的時候，還是要把這兩者分開來。前一個顧城不影響後一個顧城的優秀；後一個顧城，也不能成為替前一個顧城脫罪的托詞。沒有這種清醒的話，我們就不是一個現代人。

顧城最有名的詩，當然是他那首〈一代人〉，我看都快要成為大陸的敏感詞了。

黑夜給了我黑色的眼睛，
我卻用它尋找光明。

我們這一代人，對這首詩耳熟能詳，不知道年輕的讀者們是否還讀這首詩。這詩裡充滿了一種悖反，這種悖反一開始讀來是一種充滿了希望的，甚至帶有點英雄主義感覺的。既然命運、國運如此造就我們這一代，他們那一代，我們就要利用這種厄運來成就自己——成就我們作為詩人，能夠成就的東西。這也是古人說的「天以百凶成就一詩人，國家不幸詩家幸」一個道理。但是隨著年齡增長，隨著對時代、對人的本性的認識，這兩句話也慢慢變得很苦澀。

這個黑色的眼睛，它有多少黑夜的成分呢，它真的能夠尋找光明嗎？當光明來到的時候，光明與黑暗之間的衝突是多麼痛苦呢？當然，這些都是我自己想多了的結果。

我有一個朋友把這兩句改了一下，我覺得也挺好，能夠讓我們從〈那一代〉的沉重裡脫身而出。他說：

黑夜給了我黑色的眼睛，
我卻用它來翻白眼。

這種翻白眼的態度說是搞笑，其實也未嘗不是一種消解，一種解構主義。黑夜還在延續，光明可能還難尋覓，但是在光明還沒能尋找到之前，至少我們還可以翻翻白眼，對黑夜不以為然。

說到顧城的夢想，其實很純粹，他好多詩真的好像就是一種純粹的夢境的描繪，尤其是他後期的詩。反而他早期有的詩，我懷疑深受他的老派詩人爸爸顧工的修正，有的詩顯得太主題先行，帶有太強的說理痕跡，是我不喜歡的。

本文先挑了兩首，一首是他最早的詩，一首是他最晚期的詩之一。第一首叫〈星月的由來〉。

樹枝想去撕裂天空，
卻只戳了幾個微小的窟窿，
它透出了天外的星光，
人們把它叫做月亮和星星。

這首詩是顧城十二歲的時候寫的，我聯想到了佛經裡有一句話，叫做「顛倒夢想」。佛經是要我們遠離顛倒夢想的，但是「顛倒夢想」這四個字卻深深地吸引我。

夢是反的，但夢的反裡面卻飽含了我們在日常的「正」裡面很難去發現的真理。我們為什麼被夢境所吸引？因為夢總是饒有意味，它在洩露著你的內心，甚至暗示著你的命運。

而顧城好像天生不學而能的，在十二歲就掌握了顛倒夢想這麼一種方式去理解這個世界。我們所有正常人，從科學的角度也好，或者從人類經驗的角度也好，去理解、去看這個夜空，實體永遠是星星、星球、月球這些東西，而虛的，不存在的，當然是所謂的太空，所謂的宇宙。

但是顧城一個小朋友，他就是要跟你倒著幹，他說天空可能就是一塊布幕，是一個實體，而它被樹枝捅穿了窟窿，漏出這塊布幕背後遮掩著的可能是一片無邊無際的光。光從這個被捅出來的窟窿洩露出來，其實無有的東西，光，由非實物變成了我們眼中的實物，就是月亮和星星。

這是最基本的對這首詩的理解，就是我們可以使用一種逆反思維來發現生活的詩意。但是如果回到顧城十二歲，一九六八年這麼一個背景，去想一個小孩子，一個看穿了皇帝的新衣的小孩子，他是怎樣理解這個世界的，就饒有趣味了。

首先「戳窟窿」這一個動詞，在中國挺有意思的。一般是成人世界，或者我們不便說的世界，想去遮掩住一些東西。然後卻被一個看穿皇帝新衣的孩子，童言無忌的孩子，把它捅破了。

戳窟窿是我們對小孩的一種譴責，同時又是對小孩的一種羨慕，只有小孩有這個特權，能去說穿成人一起縱容著的潛規則。

這個樹枝是小朋友的武器。當他拿起一枝樹枝，就可以想像成是《星際大戰》裡的光劍，想像它是一把古代的寶劍，他想去撕裂這個天空，他認為天空是虛偽的，是蒙蔽真相的。即使撕裂不了，但他起碼能捅幾個窟窿出來。

這幾個窟窿所洩露的，其實就是他著名的〈一代人〉裡，他黑色的眼睛去尋找的那個光明。用這首十二歲的〈星月的由來〉去理解他後來的成名作〈一代人〉，我們也許能想得更深。

我們再讀一首非常短的詩，是他晚年三十來歲時所寫。顧城後來流亡紐西蘭，住在一個島上，他寫了一組詩，非常大的一組詩，叫〈鬼進城〉，就是講鬼——他所推崇的一種游離於人類社會的一個靈魂狀態——他來到人類社會裡，他的種種遭遇，他的種種反思。

其中有一小段非常可愛，他這麼寫的：

零點的鬼，
走路非常小心。
它害怕摔跟頭
變成了人。

這也是使用跟我們人類——好像顧城不是人似的——完全相反的視覺。我們怕自己變成鬼，也怕我們身邊的人死掉了以後變成了鬼，其實這怕毫無理由的，想想死了能變成鬼，這是多麼值得慶幸的事，不是灰飛煙滅，而是以一個鬼魂這麼一種自由、這麼一種灑脫的狀態來存在。

顧城他沒有直接去質疑這一點，他還是從鬼的視角去看，並且講了這麼一個非常生動的黑色童話。不只是人怕變成鬼，其實鬼更怕變成人。我做鬼做得好好的，尤其是一個小朋友鬼，很開心，走路他要小心，他進了人類的城市以後，他要非常小心，因為媽媽說你一不小心摔死了，你就會從鬼變成人了。他想人是多麼可怕的一種生物，人的社會裡有多少我受不了的東西，所以我一定要很小心，不要變成人。

他調侃著人怕變鬼的心理，其實也是在調侃，這人並不是什麼多麼值得羨慕的一種生存狀態。小時候我看過一首美國很有趣的童詩，它說，有隻小蝙蝠跟著媽媽飛進了人類的房間裡，人類的房間燈火通明，小蝙蝠害怕了。牠說，媽媽，能不能開一下黑暗？我害怕。

同樣的，電燈開關對於人是開一下光明，對於蝙蝠來說是開一下黑暗。當人不是萬事萬物的標準，黑暗與光明就不是絕對的。這首詩大家可以看看它呈現的視覺形式，也非常有趣，它排列成一個十字架的形狀。

死亡、十字架、鬼當然有關係，但同時它又是一個十字路口的形狀，為什麼？鬼進城。走到十字路口的時候，正是生死交錯的關頭，我們要往哪一方去？鬼有鬼的選擇，人有人的選擇，千萬別撞傷了，摔個跟頭，變成互相不想成為的東西。

其實，詩本身就是因為人的童心和夢幻而來的。一個人有童心，才會選擇詩歌這麼一種不實在，甚至說不靠譜，無法被成人的邏輯所去解釋的東西去表達自己。一個人有夢幻，才能信任語言和語言之間所碰撞出來的超現實場景是真正的現實。

洛爾迦和顧城都是擅長作夢的人，且不論現實如何，而我們學習作夢，尊重夢的人，其實是和詩親近的第一步。然後我們再嘗試把夢和現實相碰撞、相契合，這是第二步。

27 一切閃耀的都不會熄滅

這篇文字是特別寫的番外篇，我願意把這個番外篇命名為「香港家書」，為大家分享幾首我這幾年所寫跟香港有關的詩，讓大家感受一下這個東方之珠，經歷了什麼樣的轉變。第一首〈大角咀，尋春田花花幼稚園不遇〉。

別來無恙嗎
這是另一個香港。
走在唐樓間漏下的陽光中
看紙扎店裡唱紅梅記。
那些透明的身體裡有心
那些燒鵝有靈魂
窗有撲翼聲。

新生活耦合著舊生活
老孩子帶領小孩子
騎樓倦眠如一騎雨人
在半途遇劫爛漫。
那些花哪兒去了？
他拿著一塊磚頭
敲擊彩虹。

還認得我嗎？
我是你幻聽的校長。
在貓眼裡在狗爪裡
在潛過茫茫滄海的
一條白飯魚的懷裡。
步步花花，畝畝春田，
一江好夢全無恙。
它不是另一個，

而就是這一個香港了。

跟我同齡的，或者說比我年輕一點的，或者說家裡有小孩子的聽眾，可能就會知道春田花花幼稚園這個典故是從哪裡來的。那是香港最為大家所歡迎的一個動畫人物，麥兜。在麥兜故事裡，他和麥嘜還有一些小鴨子、小牛、小河馬等等小朋友，他們一起就讀的一個幼稚園就叫「春田花花」。

這個幼稚園位於香港九龍大角咀的角落，全園只有校長和一個老師，這個校長大家也知道，他身兼多職，又是賣小吃的，又是做飯的，又是開校車的。那個老師則是什麼都教，甚至教小朋友們很多在香港職場的生存法則。

我是個麥兜迷，有一天我在一本舊的麥兜漫畫裡發現了一個春田花花幼稚園的地址，便決定去尋找這個幼稚園。當然我知道這地址是虛構的。我真的到了那個地址所在處走了一圈，雖然沒有找到幼稚園，卻找到了香港。

在春田花幼稚園裡放眼所見，都是些普通得不得了的香港小朋友。他們受的不是多麼貴族的教育，沒有得到多麼高端的指導，但是他們卻從這麼一個校長和老師身上學會了最基本的善良。我想正是這種香港的人、他們的善良，構成了我所謂的一江好夢。

在這個基礎上面，我們再去理解香港近年發生的很多事，也許能夠明白香港人的擔憂是什麼。這首詩要寫的，並不是香港變了多少，反而是想寫香港有什麼東西是不變的。這個香港跟某些港片裡所講的香港，是很不一樣的。

麥兜裡的香港，與其說是香港，不是說是九龍；與其說麥兜裡有一種香港精神，還不如說有一種九龍精神。九龍的香港更接地氣，更為守望相助。和大家公認的唯利是圖、力爭上游的中環價值不同，麥兜系列的香港電影永遠凝聚著一種「春天花花幼稚園價值」：樸素、務實、隨遇而安，還有點「憨」。

春田花花幼稚園的「舊址」，據說就在埃華街上，但我把大角咀和埃華街走遍了，都沒有發現傳說中坐落在「德和燒味」樓上的春田花花，只有一家接一家的微型房地產公司，像電影的背景、麥兜的媽媽麥太工作的地方。但是我發現那裡的年輕人甚至中年人，都很有麥兜和他的同學的氣質，樂天安命、不緊不慢，漸漸自如地融入四周舊樓舊街的「保護色」裡。

春田花花同學少年多不貴，麥兜住在舊區大角咀的舊樓裡，他的家庭在九龍不算罕見：單親媽媽靠炒股做地產經紀等不穩定工作拉扯大孩子，孩子長大後也一樣浮沉於底層文員。其他小朋友長大後的職業：酒樓帶位員、商場停車員、報紙送貨員……都是香港最草根階層的工作，在中環人的眼裡，他們基本都是不能向上流動的一群，是所謂下流社會。但是在他們大角咀媽媽的眼裡，他們始終是世界上最可愛的一群。

所以說這是另一個香港，紙紮店、唱紅梅記，燒鵝、靈魂，舊唐樓的窗像翅膀在風中有撲翼聲。我始終找不到春田花花幼稚園，它可能在過路的貓眼裡、狗爪裡、在潛過茫茫滄海的一條白飯魚的懷裡。步步花花，畝畝春田，這些似乎不存在繁華香港的事物。它不是另一個，而就是這一個好好的老香港。

接著下一首詩叫〈香港夜曲〉，那是在二〇一四年夏天所寫的。

晚安，香港，小香港
隨便那機場是新是舊
隨便它人來人往
夜色如饕餮獸，會否
在你唇邊呼吸前止步
晚安，香港，小香港

睡吧，香港，小香港
萬戶燈火不過蚤滿袞
撒在輪迴路上

我們自己就是星光酒
青馬如露水帶走了橋
睡吧，香港，小香港

夢嗎？香港，小香港
把夢打包送進一二三
四五六七八號
貨櫃碼頭。工人罷工
大海拒絕這場伶仃夢
夢嗎？香港，小香港

漂走，香港，小香港
在維多利亞港的腰際
遭逢那如盲人
摸象般夜行的老渡輪
告別哀悼乳房的皇后
漂走，香港，小香港

再會，香港，小香港
在半山他們早已掘好
你鑲鑽綴金的
小墳墓。你從此安眠
還是要醒來一起上路？
晚安，香港，小香港

這首詩就是從一個從香港機場降落的人，一路坐著車，路過貨櫃碼頭，去到維多利亞港，再去到香港島，這麼一個過程中他跟香港所說的話。

香港常常被不理解它的人，或者說在某些大城市裡觀望的人，稱之為彈丸之地，小香港。我在詩裡也直接稱呼它為小香港，但我這麼稱呼它，是帶著一種愛憐，帶著一種珍惜，這樣的口吻就像呼喚自己的小孩一樣。

香港因為它的小，很多東西做得很精致、很準確，它要求高度的自律，才能在這麼小的一個地方維持它的繁榮，維持著運作。若是把一些龐大的邏輯強加在它身上，是行不通的。

也還是二〇一四年的深秋，雨傘運動過後，我寫了這麼一首，也許是我最動情的跟香港有關的一首詩，叫〈趁還記得〉。

趁還記得，睡前剃鬚。
趁還難過，夢中再次話別亡友。
趁還痛苦，醒來仍然撫摸這個城市，
讓在海邊徘徊的晨光再次亮透你的衣袖。

趁秋天尚還沒有變灰，到旺角去讓烈日審問靈魂。
趁黑夜尚還沒有躡足走路，跟上它的漫遊
從銅鑼灣到金鐘，走一條也許是最後一次走的路。
趁還記得，填好信封回郵。
趁晝長夜短，
收拾好平生故事，落草為寇。

其實這首詩來自於一個非常日常的場景，也是我自己經常犯的毛病，就是忘記刮鬍子。其實如果大家是男士的話，就知道我們早上起來刮個鬍子，然後再出門上班上學，這是比較正常的。但我老是忘記，都是時間到了，要出門了，才想起「唉呀，忘了刮鬍子」。

後來，我就改在睡覺之前刮鬍子，那樣我基本能記得起來。雖然第二天早上會長出一點點青青的鬍渣，但是總比沒有刮要好。於是我突然想到，睡前刮鬍子，這是一個跟紀念、念記等等有關的一個舉動，讓我從此出發寫了這首〈趁還記得〉。

趁熱情還在，我們準備好一個信封，貼上回郵郵票，寫上回郵地址，再寫信給未來的自己，希望將來能收到他的回信說，「我並沒有忘記」。

最後分享一首我今年在林口——香港以外的一個地方所寫的一首關於香港的詩，這首詩叫〈一切閃耀的都不會熄滅〉。

我坐在一個新城市
最新的公園
看著女兒在沙池裡把堡壘推翻又建起
天空上有薄薄的烏雲，雨在待命
初夏的正常景象

孩子們跟隨各自的母親
把笑聲交給跑向四方的風
有的風在哭泣
有的風已經穿上風衣
我低頭向手機吃力地辨認
老城裡一位老者的聲音
（是我每天仍在想叨的粵語）

有的風在洗臉，用翻滾的砂石，
有的風已經開鑿了風眼，埋下火藥
我低頭向遠方致敬一位老者的聲音
一位年輕人的聲音
他們代替了我站在被告席上

有的風反覆把門拍打

不知道它是想進來還是出去
想拒絕還是喚醒

雨在待命，雨在抗命
漆黑的鋼鐵環繞太平洋流轉
有的風堅持激蕩樹葉、海浪、每一座山
有的風堅持擁抱樹葉、海浪、每一座山

這首詩書寫風雨的各種形態，這些變動不居的事物遇見更大的命運時會做出選擇，你可以學習它們忠於本性的方式。唯有那樣，才能擁抱自由。

因為大家總是在說，一個城市總會有盛衰，就算你是東方之珠也難以避免。但是盛衰也好，變遷也好，總有一些東西是不會熄滅的。這些不會熄滅的東西，才是這個城市最寶貴的東西。

之所以堅定地說一切閃耀的都不會熄滅，是指那些讓香港成為香港的那些人、那些抉擇，他們發出璀璨光芒照亮我們以為不能照亮的幽谷，正如魯迅先生所說，讓我在黑夜攀登那鐵的城堡的時候，能聽見另一方攀登者傳來他的匕首撞擊鐵壁的聲音。

28 潮濕暮色裡，你的父親必將回來

說起詩人，大家往往愛揶揄他們為什麼不好好說話？本文將以波赫士的〈雨〉和廖偉棠的〈回旋曲〉為例，嘗試解答這個問題，說明詩、詩人的神秘詩意。

要講神秘的詩意，就要講我最迷戀、最喜歡的一個老頭——波赫士——他的詩是怎樣把神秘二字展示得淋漓盡致，然後又讓你無法從他的迷宮裡走出的。

神秘跟古代基督教神秘主義當然有很大關係，神秘主義又翻譯成冥契主義，就是好像冥冥中有一些東西是契合的。比如說，把神的旨意跟現實發生的事情尋找一個隱秘的聯繫。

這個尋找聯繫的方式，跟我們寫詩的方式是非常相似的。寫詩的人就經常會在兩個事物之間尋找一種超越理性的、超越物理規則的聯繫。

這兩種東西都打動了我，或者這種情感和這種失誤兩者給予我同樣的感受。我就好奇了，為什麼呢？我就通過詩把他們的隱秘聯繫寫出來，這是寫詩的一個基本出發點，也是一種很基本的技巧。

當然這依賴於自己的敏感和對語言的掌握能力，能不能還原這種神秘的聯繫。

關於詩和神秘，德國大思想家海德格爾說過這麼一句話，他說，詩是「說不可說的神秘」。這句話非常可圈可點，包含了太多關於詩的秘密。那裡面至少有兩個關鍵，第一是說我們從世界裡，從我們生命裡，感受到了神秘；第二是我們要努力去說出來，即使這個神秘是不可說的。

這個跟另一位大哲學家——海德格同時代人——維特根斯坦他說的另一句名言，非常有可比之處。維特根斯坦說，「那不能言說的，必須保持沉默」。聽起來好像一句廢話，就說凡是你不能說，你當然只能沉默了，但是這個「必須保持」裡帶有一種敬畏。

對於神秘，既然不能說它，我們就幹脆沉默，去領受這種神秘就好了。但如果真的這麼想，我們還要藝術家，還要詩人來幹什麼？所以海德格就說，我們雖然知道神秘是不可說的，但還是要努力去把它說出來，這個說出來的過程就是詩的過程，但是很重要，它是說不可說的神秘。

就是說在這個言說過程之中，神秘得到了保存，他雖然寫出來了，但他並不是完全地把它解謎一樣解開給你看，而是在解開的同時，又遮蔽他所解開的東西。好像非常玄奧，但其實，關鍵在於他在保存神秘的魅力的同時，又向讀者開啟另一段神秘的旅程。

詩的言說是在它感知到了世界神秘之後，它再去生產神秘，而且它衍生出來的神秘，尤其在現代詩裡面，必須是一個開放的門，讓我們讀者通過這個門去感知和去產生自己能夠領會的神秘。

接下來就跟大家讀一首波赫士非常神秘的詩，叫〈雨〉（陳東飈譯）。

突然間黃昏變得明亮
因為此刻正有細雨在落下
或曾經落下。下雨
無疑是在過去發生的一件事

誰聽見雨落下，誰就回想起
那個時候，幸福的命運向他呈現了

一朵叫玫瑰的花
和它奇妙的，鮮紅的色彩。

這蒙住了窗玻璃的細雨
必將在被遺棄的郊外
在某個不復存在的庭院裡洗亮

架上的黑葡萄。潮濕的暮色
帶給我一個聲音，我渴望的聲音
我的父親回來了，他沒有死去。

這首詩簡直像一個戲劇的定格一樣。突然地在我們的腦海中、在我們的雙眼前，打亮盞燈，呈現出這麼一個我們人人都渴望存在、但是人人都沒有見過的場景。

第一句就是「黃昏變得明亮」，明明黃昏是會越來越暗的，有什麼樣的力量令它變得明亮呢？他說是因為下雨，雨水不斷地反光，也許在物理效果上會產生一種明亮的效果。

但實際上黃昏變得明亮，那是一種超現實的感覺。它是一個戲劇效果，呈現的是像日本文化所說的逢魔時刻，或者說客家語裡說的臨暗時刻，就是黃昏將要變成黑夜之前有那麼一刻迴光返照。

在這個時刻，日本人認為我們能夠見到魔鬼或者幽靈。我不知道波赫士有沒有看過這個傳說，但這首詩無疑呼應了這麼一種時刻的存在。

接著更加神奇的是用語言造成的魔法，他說「此刻正有細雨在落下或曾經落下」，但後面它又變成「無疑是在過去發生的一件事」。

整個時態在不斷地逆轉，從此刻逆轉到「或者的」曾經，馬上要變成「無疑」，不是「或者了」，無疑就是過去下雨是從過去一直綿延到現在的，雨從來沒有停過，它只是偶爾暫停了。現在落在我們身上這一場雨也許曾經落在遙遠的過去。

接著他就能夠很理直氣壯地說，雨變成了一種像靈媒一樣、靈魂的媒介。它像能夠接通過去未來的一個時光機器一樣，聽到雨落下，他就能想起自己幸福的命運。

這個幸福的命運向他呈現了一朵名叫玫瑰的花。波赫士寫到自己第一次見到玫瑰，或說第一次知道這麼美麗的花名叫玫瑰的一個瞬間。莎士比亞說過，玫瑰就算換了一個名字，不叫玫瑰，它依然那麼香，那麼美麗，波赫士也深有同感。所以他才覺得奇怪，就是，那是誰給予了這個名字、這朵「玫瑰」？

這句話的呈現方式令我想到馬奎斯著名的小說《百年孤獨》那個著名的開頭。他是怎麼寫的？他說「許多年之後，面對行刑隊，奧雷連諾．布恩迪亞上校將會想起他父親帶他去見識冰塊的那個遙遠的下午」。

這個開頭以它複雜的時態而著名，這個時態跟李商隱的「何當共剪西窗燭，卻話巴山夜雨時」是一樣的。在現在遙想未來回想現在的那一刻，將來的過去是非常奇妙的。

為什麼在死亡面前，布恩迪亞上校會想起他父親第一次帶他去看冰？因為在南美洲熱帶的地區是沒有冰塊的。在某些地方見不到冰，有的人會巡迴地展覽冰，冰在小朋友心中留下深刻印象，而這個印象跟死亡的感覺混雜在一起。

第一次看冰和第一次看玫瑰，有什麼一樣的呢？它的相似之處在於，有一個父親帶領著你，告訴你，這種奇怪的事物——無論是冰還是玫瑰，——它的名字是什麼？對於小孩來說，父親是命名者，就像詩人對於一般人來說，他也是個命名者，他給世事萬物賦予一個詩意的名。

這場雨不但穿越了時間，它甚至穿越了無常。就像下面這一段說的，在一個不復存在的庭院裡，這場雨還必將會洗亮，他用了「必將」，「必將在不復存在的庭院裡」，「必將」是未來式的時態，「不復存在」是過去的。

這個庭院已經被無常力量吞沒了，已經不存在這個地球上了。但因為這場雨，庭院又栩栩如生出現了，架上還在生長著葡萄，那不存在的一切能夠再度存在，而且非常的鮮活。

這一段的過渡鋪墊了後來驚心動魄的父親的回歸。他寫到，暮色也變得濕漉漉的，在雨水裡面，潮濕的暮色，這暮色被雨水淋濕了。雨水打濕了這場景，打濕的過程中，一個鬼魂出現，我的父親回來了。就像一張相紙在顯影液裡面顯影，鬼魂從底片變成一個正片的影像。

就在這個蒼茫的暮色中，他的鬼魂回來，他並沒有死去。甚至是，他不但作為一個鬼魂回來，還取消了自己死亡的這一現實。原來他一直都活在我們身邊，但只有在這麼一個逢魔時刻，我們才有機會見回我們最愛的人。

我自己非常喜歡這首詩，但真正讀明白，還是到了自己當了父親時。在某一個黃昏，我帶著三歲的孩子在迪斯尼公園外暮色籠罩的花園——沒有什麼人的那裡——在遊玩的時候，我跟他在嬉鬧，在玩水時候，我突然想到，假如我是波赫士詩裡這個作為幽靈回歸的父親，我怎樣去書寫這一幕？

於是我就反寫了這首詩，或者說我應和了這首詩，寫下一首〈回旋曲〉。我很樂意跟大家分享一下我的感受。

暮色裡花園，雨點零星間
你父親的幽靈回來了，
帶給你大海波光粼粼
一如你兩歲時流過你手背的噴泉，
他記住了黃藍相間的瓷磚，
你記住了水的清涼，
世界因此而永恆。

父親的幽靈如波赫士
撫摸著葉隙漏下的星光緩行，
你的、我的、他的父親
在方舟上坐著
說起某一個遙遠的下午，
那時一樣有戰爭和不顧一切的愛情，
那時一樣有罌粟子為麵包添香。

暮色如期籠罩這個例外的花園
我們從死者的隊伍裡被豁免，
因為你記得細浪排列的紋樣
你從我的掌上辨認
它們推送帆船出航，
你記得奧德修斯在星空下
曾給你指點樹樁上年輪微傾。

當夜晚行軍的船隊陸續沒入
海倫的髮，
「爸爸，你看見那個小船嗎？」
最後的一個水手划著獨木舟
在南中國海隱入海倫的夢……
暮色裡花園，我的孩子
如幽靈掬水，洗濯看不見的馬群。

其實這首詩寫到後面，有點唏噓。在我成為幽靈之後，我的孩子也將成為幽靈。但那又怎麼樣呢？總是會有馬匹在等待我們再度出發去漫遊這個世界的吧。

我想我和波赫士一樣，試圖回答這樣的一個問題，既然人必有一死，既然死可能是虛無的，那麼我們為什麼要有此世的緣分？這父與子的緣分，為什麼？我不相信我們不會再見，這就是這首詩和波赫士同樣給出來的答案。

這裡既是一個兒子對父親的愛，也有我作為父親對兒子的愛，這兩種愛像宇宙的一切東西一樣，都在回旋著。就像我詩裡面寫到樹樁上的年輪，它是呼應著水波宇宙的回旋的。「夜晚行軍的船隊陸續沒入海倫的髮」，那些滄海和歷史都會被美所收納。我相信一首詩就能完成這一種命運回旋的過程。

29 在南方的庭院裡坐井觀天

再談波赫士神秘的詩意，本文以他的〈南方〉為例，這首詩寫一個南方多水的庭院裡，從光影、長凳、茉莉、鳥、門廳去感受宇宙與萬事萬物的神秘關聯。

本文要再講神秘的詩意，也是講波赫士的詩意。〈回旋曲〉裡，我寫了這麼一句「父親的幽靈如波赫士／撫摸著葉隙漏下的星光緩行」，這個「葉隙漏下的星光」，呼應的是波赫士的另一首我非常喜歡的詩〈南方〉（王三槐譯）。先來讀這首詩。

從你的一個庭院，觀看
古老的星星；

從陰影裡的長凳，
觀看
這些布散的小小亮點；
我的無知還沒有學會叫出它們的名字，
也不會排成星座；
只感到水的回旋在幽秘的水池；
只感到茉莉和忍冬的香味，
沉睡的鳥兒的寧靜，
門廳的彎拱，濕氣
——這些事物，也許，就是詩。

西方詩歌，尤其現代詩歌，有一個傳統，就是以詩論詩。當然古代的中國也有這麼一個傳統，像杜甫就寫過〈戲為六絕句〉，還有其他的，像元稹等詩人都寫過以詩來講述自己心目中的詩歌理想這樣的詩。

這種以詩論詩的詩，有趣之處在於它本身必須是一首非常好的詩，它本身就在證明著它要論述的論點。像這首〈南方〉，如果不要最後那一句「這些事物，也許，就是詩」，它本身能不能成為一首非常美妙的神秘的詩呢？那是當然的。

我最初被這首詩吸引，當然首先是因為它的詩題〈南方〉，跟我所在的南方以及我所推崇的某一種文學理想，屬於南方的文學非常相近。

什麼是南方的文學呢？我希望它是濕潤的，我希望它是草莽的，我希望它是沒有那麼多對某個中心的仰望的。波赫士的〈南方〉，指的是南美洲的南方，他身處的阿根廷。南美洲已經是屬於地球的南半球了，阿根廷更在南半球的最南面。

這裡的「南方」，熟悉波赫士小說的人就會知道它既有一種頹廢的、舊歐洲的風味，殖民地的色彩，又有一種壓制不住的、草莽生長的野蠻狀態。

而這種野蠻狀態和前面的頹廢構成它的神秘，這裡的人篤信命運，這裡的人很輕易地把自己的一生或者愛情都交予命運之手，所以才有波赫士的許多小說裡面那種讓人耿耿於懷的、那種偶然所構成的必然的生死。

但這首詩會帶我們回到波赫士那種最根源的地方去。我記得他有一篇小說，是講有一個人他突然決定隱姓埋名，躲在南方的一個庭院裡，每天就看著庭院裡和窗口外面的一些事情，就這樣慢慢地忘記了自己曾經想要復仇的一切。

小說名字我已經忘了，但是我卻清楚地記得，他是如何在這種南方的阿根廷庭園裡消磨掉自己一生的。這首詩也是從這麼樣一個庭園開始出發。阿根廷的南方庭園，是鑾像四合院的結構，水池、噴泉，院子被牢牢地包圍著，不像歐洲的傳統，是花園包圍的房子。

所以這個庭園它更加幽謐，更加的為個人所有。詩裡的波赫士，或者說他所呼喚的這個「你」，一方面是讀者，一方面也是波赫士的自畫像，當然也有可能是剛才那個小說裡隱姓埋名的人。

他有可能成為一個詩人，也有可能是一個殺手般神秘的人。他在庭院裡抬頭觀看星星，這有點像所謂的坐井觀天。其實我覺得坐井觀天是挺浪漫的一件事情，因為周圍的一切都被那個井所屏蔽了，只有星空還屬於你。

他在庭院觀望星星，再低下頭來，從仰視慢慢把鏡頭拉下來，低下頭去看陰影裡的長凳，那有可能是阿根廷的陽光強烈照耀下，在庭院裡被樹、花的陰影裡籠罩著的這麼一個長凳。

這個陰影很有意思，濃密的樹蔭之間露出那光點，在長凳上晃動，就像他上一次抬頭看著星星一樣，也是在黑暗中不斷閃爍的。這裡有一個抬頭看到的極其廣大的宇宙，又有一個低下頭所見非常小的事物——在自己庭院裡的一張長凳。

長凳，它只容納這個庭院的主人，是一個人最小最小的安身立命之所，他可以在上面坐著看書，想古代的、未來的事情。同時當然也會想他頭上那個星空和並沒有寫出來的所謂「星空與心中的道德律」，這兩種令人肅然起敬的事物。

這個肅然就會引到下面這句，「我的無知還沒有學會叫出它們的名字」。認識到自己的無知，是非常難得的。因為無知而謙卑，那就更加難得。我們都見了太多因為無知而傲慢的例子。

他沒有學會叫出這些星星，或者說這些光點的名字，他也沒有學會把這些光點或者天上的星星排列成星座，但他卻知道光點跟星星之間的呼應。又回到了我上一講說的神秘，它最早的意思是講神的世界跟我們的世界、人類的世界之間的那種呼應、那種暗合、那種互相契合。

雖然他叫不出這麼神秘的名字，對於不可說的事物，他保持了沉默，但是他又覺得不應該止於沉默，於是他就閉上了眼睛，闔上了嘴巴，去傾聽。他聽到了在這個庭院裡，水在回旋著的聲音。

水的「回旋」很有意思，在南半球和北半球水的回旋是向著不同的方向的，當然這個呼應的也是我們在南北半球所看到的星空的旋轉方向是不一樣的。

這裡又有了一次對宇宙的呼應，他聽到水在幽謐的水池裡——幽謐得水都看不到，深深的一個庭院裡的一個深深的水池裡面的水，誰都看不到——它們卻在遵循著宇宙的規律在回旋著。

他感受到茉莉和忍冬的香味，這是一個閉上了眼的人，或者其實真正的秘密在於這個人已經雙目失明，那就是波赫士——當他放棄掉了他的視覺，放棄掉了他從一開始對星星和亮點的那種執迷，而說不出它們的神秘的這種沉默以後，他就能夠去感受香味，感受到鳥兒在這個庭院裡睡著了。

甚至是門廳的彎拱。這個門廳的彎拱，對於一個盲人來說更有意義，他是摸索著的。摸到一個彎拱，知道這是一個門可以走進來。接著他的皮膚感受到了周圍瀰漫的濕氣，然後安心地說出：「我身處在詩之中」。

如果我們一定要去解讀，也可以解讀到，原來詩是充滿了這種所謂通感的呼應的。它的寧靜，是對極靜的聽覺，而不是對某種聲音的聽覺。詩是一個人在高度敏感之下，去察覺到萬事萬物之間的呼應，萬事萬物之間的轉化。這聽覺嗅覺觸覺對濕度的敏感，這一切也是構成我們個人的自我意識的種種。在這首詩裡，它們組成了一個完整的人，也組成了一個完整的宇宙。

讀這首詩的時候，我想起了一部科幻電影，就是前兩年一時形成了話題的那一部《異星入侵》。故事是外星人來到地球，但是他們所書寫的文字非常奇怪，是像水墨畫一樣的，由他們的觸鬚噴射出來，然後便有語言學家去解讀，解讀到最後變成了一種頓悟的過程。

這個語言會在一個瞬間裡同時呈現無數的意義，跟人類的語言不一樣。人類語言是線性的，它不能同時呈現意義。但是在這個水墨噴湧的那一刻，它呈現了無數的意義，這倒是讓我想起藝術。

藝術本身是超越非線性的。我們觀看一幅畫看一首詩，常常共時性地獲得非常多的經驗、非常多的撞擊。我為《異星入侵》這部電影寫的影評裡，引用了一位禪師、慧能的弟子永嘉禪師講的一句禪偈——「一月普現一切水，一切水月一月攝」。

一個月亮它蘊含了所有的水，但實際上我們看到所有的水都在倒映同一輪月亮。到底是月亮統領了水，還是水倒映出月？其實這就是「能指」和「所指」的問題。關鍵在於月亮和水就在這個敘述之中，在這首詩裡呈現出了這種共生的結構。

它帶來的啟示是什麼？大自然之中的應和遠遠超出我們所料，像月亮和地球上的水，本來是沒有共同性的。月亮上並沒有水，但月亮卻無時無刻地按科學的規律引領著地球上水的潮汐。

永嘉禪師應該是不知道地球上的潮汐跟月亮引力有關，但他卻知道月亮從我們這個角度去看上去，也像一個帶有倒影的事物。對於這一個不懂得科學，卻懂得詩意的人來說，也許它就是一汪水。

這種大自然裡的應和，早在十九世紀現代詩的先行者波德萊爾就寫過。他有一首十四行詩，叫〈應和〉十四行。比他小一輪的天才詩人蘭波，也寫過一首叫〈元音〉的十四行詩，也是關於大自然的各種感官之間的應和。

波赫士的詩明顯有別於他們的詩怎麼說呢？我剛才說到的有兩點，一是波赫士他是一個盲人，當他年紀越來越大，雙目失明，他所有的經驗，慢慢地只能在一種回憶中不斷地加強。

所以他的詩所寫的經驗非常的強烈，比一個雙目正常的人更加強烈。因為他意識到他已經不可能再增加自己經驗了，便就把這種舊有經驗反覆地去召喚出來，像是招魂一樣，把它們一再地賦予更多更深的意義。

另外一點，波赫士非常喜歡日本和中國文化，所以他的詩還有詩歌理念裡，也包含著這種東方的色彩。比如說這首詩裡我就想到了跟中國詩歌相似的東西：中國詩是一種經驗的詩，它不像西方的浪漫主義、神秘主義、象徵主義的詩，或者超現實主義的詩，是一種超驗的詩。

超驗是超出個人經驗，來自於某一種神秘的啟迪，我們稱之為靈感也好，或者說來源自詩人強大的想像力也好。某種高於常人的同情心、同理心，都能帶來超驗。而經驗的詩很大程度取決於實實在在的體驗，一個人有了豐富和坎坷的人生歷練，又有足夠的才氣，足夠的比例去呈現這種歷練，在中國詩的脈絡裡面，他就能成為一個成功的詩人。杜甫就是一個非常完美的例子。

而波赫士把中國詩的這種經驗和西方詩歌這種超驗混合了。就像剛才那首詩那樣，神秘一方面來自於好像一個非常侷促的當下，一個小庭院裡的東西，他所見的東西是有限的，但他卻從這個有限的經驗推進進入超驗，進入無限。

這個無限通過這些事物——也許就是詩——來傳遞給我們，它只傳遞了有限事物，但人卻可以用這些有限事物作為一把鑰匙，開啟詩這個可以無限定義的空間。

最後說回波赫士的失明，那好像是非常令人惋惜的。波赫士自己就寫過這麼兩句詩，是叫〈關於天賜的詩〉，他說，「上帝同時給我書籍和黑夜」。

對於波赫士來說，天賜他什麼呢？一個是他對書籍的熱愛，他是一個博聞強記的人，讀了大量的書，而且也最熱愛讀書，所以當他被任命為國立圖書館館長的時候，他說他感到被七十萬冊圖書重重圍住的一種幸福。但這種幸福維持不了多久，當年他就雙目失明了，所以他又說這真是一大諷刺。

但是，上帝往往又以這種諷刺來成就某個領域的偉大。從另一處造就了他們竭力想要補償自己的缺陷的這種意志。就像我們熟識的貝多芬，作為一個音樂家，他是聽覺有問題。而梵高作為一個畫家，據說他是一個色弱。

波赫士在看不見以後，就求助於自己的記憶，讓自己記憶變得深刻。不曾意識到自己將來會看不到或者遺忘掉一切的人，就不會這麼珍惜地寫下這些東西。而對於一個已經明確知道自己的餘生不能再見到某些珍惜事物的人，他就會用最優秀的語言，最有力量的語言去再現，甚至去重新創造一個屬於他的經驗。

30 從不可捉摸的命運裡琢磨秩序

中國詩的傳統是感性的，發憤以抒情，那麼詩可以是理性的嗎？

本文要談一個聽起來有點矛盾的題目——理性的詩意。

詩意跟理性這兩個詞似乎是衝突的。在我們的潛意識裡，或者說在約定俗成的認知裡，我們都認為詩是感性的，詩人是感性至上的，甚至是非理性的。不瘋魔不成活，瘋子跟詩人好像只有一線之距。

而的確也有很多詩人也是一種「佯狂」，以裝瘋扮傻的方式去抒發自己的胸臆。很難得才能看到理性的詩人，尤其在中國古代詩歌裡。

中國詩歌傳統是抒情的傳統，發憤以抒情。有所憤怒，有所寄託，再把情感以最飽和狀態抒發出去。在這裡理性幾乎是沒有地位的。

當然這跟中國哲學也有關係。有的人認為照西方哲學的定義而言，中國可以說是沒有哲學的。中國有很多思想，但是不存在哲學。中國人的思維方式更接近於理解的詩的方式。所以西方詩歌一度從中國詩歌裡學習這種純粹的、感性的體悟方式。

但試想一下，如此感性的國度，如此感性的詩歌，假如它有理性的力量去支撐的時候，它能夠到達什麼樣的高度？這就是我要跟大家講的一個人。

這個人他獨立地扭轉了中國詩歌缺乏理性、缺乏思辨的景象，這個人就是馮至。首先跟大家分享馮至二十八首《十四行集》裡我最喜歡的一首，《十四行集》第十五首。這也是我看的第一首馮至的詩。

我在中學時讀到這首詩，並且把它抄下來了，抄在筆記本上，而且還背誦下來。後來我每次走到荒原，走到遼闊的地方，都會想起這首詩。

看這一隊隊的騾馬
馱來了遠方的貨物，
水也會沖來一些泥沙
從些不知名的遠處，

風從千萬里外也會
掠來些他鄉的嘆息：
我們走過無數的山水，
隨時佔有，隨時又放棄，

彷彿鳥飛行在空中，
它隨時都管領太空，
隨時都感到一無所有。

什麼是我們的實在？
從遠方什麼也帶不來
從面前什麼也帶不走

我不知道這樣的一首詩是怎樣打動當時只有十五六歲的我的心的？也許是一種血液裡的呼喚，對這種人類的無常無著的狀況，我當時朦朦朧朧地感覺到了。

十五六歲時，我正經歷著中國「六四」運動，同時我在閱讀上也開始開竅。讀了魯迅先生的很多書，覺得形成了我的某些批判的精神，但同時也形成了我的某一種虛無的精神。馮至就呼應了我這一點，令我甚至可以說刻骨銘心。

隨著年紀增長，慢慢地我知道更多的時代歷史的背景以後，我對這首詩又有了更深的一步認識。

人類的理性之偉大就在於此，它能夠從非常混亂的不可捉摸的命運——可能是個人的命運，也可能是人類的命運，國家的命運——從這種一團混亂中琢磨出一個秩序。十四行詩本身就是一個很有秩序的寫作形式。

大家看過莎士比亞的十四行詩嗎？為什麼十四行詩這一體裁能在西方成為了像絕句律詩一樣被那麼多詩人運用呢？是因為它的形式非常嚴謹，非常適合詩人在裡面進行一個情緒，繼而是思想的一種推進。

馮至這首詩的背景是，他流落到西南方，在西南聯大。緊張地受教育，緊張地躲避戰火，緊張地生活。「看這一隊隊的騾馬馱來了遠方的貨物」，馬上把我們帶到了當時中國岌岌可危的狀況裡。

當時中國對外的公路聯繫只有這麼一條——滇緬公路。滇是雲南，緬是緬甸，這條路全長一千多公里，是抗戰初期中國大後方的一條生命線，維持了很長一段時間。只靠這條線從外界輸送來物資。所以人們對它是有一種感恩之情的。

這「遠方的貨物」是牽繫著生死懸於一線的這個民族命運。那與之相比，「水也會沖來一些泥沙，從些不知名的遠處」，這裡又看出詩人的氣魄。

你可以想像，比如說日本的侵略，那就是這個水沖來的泥沙。一方面它傷害我們，另一方面在這個有自信的詩人，或者說有自信的民族面前，它只不過是泥沙一樣的東西。而且「不知名的遠處」也帶有了這麼一種對敵人的傲氣——好像說你儘管過來吧。

接下來，從這種對外的想像轉向對內的審視，「風從千萬里外也會／掠來些他鄉的嘆息」，明明我們已經身在他鄉了，這個「他鄉的嘆息」為什麼還會從千萬里外吹來呢？

其實它所吹來是詩人或者說整個大後方的逃難的人所想像的，從故鄉傳來的嘆息。就像當年唐朝杜甫寫他那首回憶妻子的詩〈月夜〉一樣，故鄉成了他鄉，自己身處他鄉，聽到了從故鄉傳來嘆息，感覺好像已經很難再見面了。

這一點提醒了我們身處他鄉必須要認清的事實，是我們自己以及我們的語言、精神成為了我們隨身攜帶的故鄉。

接著詩就切入真正的狀況，「我們走過無數的山水／隨時佔有，隨時又放棄」這就像西南聯大的學生們從北京從上海從天津一路走，一路逃，逃到昆明，一路扔掉很多東西，一路以為在這裡能夠停下來，結果不行，還得走還得走，這也像當時的中國一樣，一路退一路退，直到退無可退了。

但是詩人再次騰飛起來。他說我們「彷彿鳥飛在空中」，我們「隨時都管領太空」，好像整個太空是我們的，因為我們在飛行。

一個放棄了原來所固有的東西的人，就像現在經常說的「斷捨離」，你佔有的東西越少，你能被別人傷害、能被別人剝奪的東西也越少，實際上你是更自由的，你的心是更廣闊的。你感到一無所有，但是你也沒有東西再可以失去了。

當然，剛開始馮至認定了人類這個宿命的時候，他也有一種空落落的彷徨在那裡，「從遠方什麼也帶不來，從面前什麼也帶不走」，這其實就是著名的哲學三大問題的變種——我們從哪裡來？我們是誰？我們到哪裡去？

當身處一個極端的流亡狀態時，為什麼還要想帶來、帶走的問題呢？這個貨物跟泥沙表面上是完全相反的，但對於一個逃難的人來說，它們都起到了令我們的腳步繼續前進的作用。

只要我們在前進，就不用著急著知道「我們的實在」答案是什麼，我們首先要認清無牽無掛才是生命的本質，什麼也帶不來，什麼也帶不走。

31 生命的實在是，我思故我在

前文寫到馮至扭轉了中國詩缺乏理性的局面。這篇要繼續讀馮至《十四行集》中的第十六首和第二十一首，看詩人如何用理性，通過詩來表達他對民族命運的擔憂和思考。

馮至剛在詩壇出道時，寫的詩是情詩，而且深被魯迅先生的推崇。魯迅先生說他是新詩以來最優秀的、最好的抒情詩人，沒有說之一。

這個抒情詩人，當他成長以後先去了當時中國的北方。一九二七年，他去哈爾濱任教，體驗了當時嚴寒的東北和殖民地的東北，他寫了一本詩集叫《北遊及其他》，裡面就有長詩寫他在哈爾濱的生活，這是第一步。

第二步，他離開了中國，三〇年代他去德國留學，攻讀文學哲學與藝術史。德國是一個講求理性的國度，雖然這理性發展到某種極致的時候，曾走向非理性，比如在二戰時候，他們的政治狂熱。

馮至去德國，是因為他非常喜歡德語詩人里爾克。他學習德語，親自去翻譯里爾克的詩，他也是中國比較早介紹海德格思想的一位文學界人士，並不是作為一個哲學家去介紹海德格。

也許受了這種種理性環境熏陶，他變得非常推崇歌德——這位德國理性時代的巔峰詩人，寫《浮士德》的歌德。

如果有看過《浮士德》，也許能夠理解到對理性精神、科學精神的推崇，是歌德和當時的狂飆突進時代的德國文學得以進步突破的一個關鍵。

一切都準備好了，時代也給予了馮至機遇。中國古代的說法就是「國家不幸詩家幸」。

當馮至回到中國的時候，正是抗戰正濃的時候，他任教於同濟大學，並且帶領著他的學生跟著全校，還有當時中國的很多學校，著名的北大清華學生等等一起逃難到大後方，去到了雲南。他在西南聯大擔任外文系德語教授。

在這個時候，馮至寫出了他一生中最重要的詩篇，也是漢語新詩的一個巔峰。

在那裡你看到了一個沉思的中國人。面對當時中華民族的苦難，面對不穩定的生存條件，他竟然能夠坐下來沉思，去想——人到底是什麼回事，民族是什麼回事？時代是怎麼回事？這個地球的命運又是怎麼回事？
於是就有了《十四行集》第十六首。

我們站立在高高的山巔
化身為一望無邊的遠景，
化成面前的廣漠的平原，
化成平原上交錯的蹊徑。

哪條路，哪道水，沒有關連，
哪陣風，哪片雲，沒有呼應；
我們走過的城市、山川，
都化成了我們的生命。

我們的生長，我們的憂愁
是某某山坡的一棵松樹，
是某某城上的一片濃霧；

我們隨著風吹，隨著水流，
化成平原上交錯的蹊徑，
化成蹊徑上行人的生命。

這首詩像是馮至在自問自答，「我們的實在」到底是什麼？我們的實在，並不是由我們最後能夠達到什麼成果，達到什麼目標，我們這一生留下了什麼成就來確定的。

尤其在當時的中國，你根本不知道這個國家還能不能存在下去，戰爭好像已經敗得一塌糊塗。你也不知道，你在有生之年還能不能看到山河光復，人民展開歡顏的一天。

但是馮至說，就像這首詩所說的，我們所走過的都變成了我們的生命，是我們的經歷，而不是我們的成果，不是我們走到哪裡是我們的意義，而是我們走過了什麼，成為我們的意義。

其實抗戰也是一樣，一個抵抗但卻節節敗退的民族，比從一開始就不抵抗，把自己束手奉上的民族更有意義，更能獲得世人的尊敬，也獲得自己的自尊。

從這麼一個政治歷史的現實中，我們再提煉出來。這首詩和上一首詩假如沒有了這麼一個背景，假如它不是一九四〇年代的馮至所寫的，它是一個和平時期的人所寫的，那又是什麼樣呢？

那就是理性詩歌的魅力，它擁有很清晰的結構和邏輯面向，能夠讓我們推導出在不同的情境下它的「實用」性。這首詩寫的是我們從這個世界獲得了很多東西，同時我們也成為世界的一部分，去給予他人很多東西。

這麼一種循環、這種轉換、這種因果的鏈條，在這首詩裡是渾然無間的。你看不出來哪裡是因，哪裡是果，但是這一切又那麼清晰地發生著、流轉著，其實宇宙本身就是這樣。

我們寫一首詩，一首帶有疑問、帶有困惑的詩，這本身就為我們這種好像無意義的生存獲得了一個意義。

當疑問和答案都以這麼清晰的兩首《十四行集》呈現出來以後，詩人對世界的思索還沒結束。馮至還寫了很多首詩，分別從不同的角度，比如說他周圍所用的東西；他眼前所見的勞動的人、平凡的人；他思考中、他回憶中的那些偉大的，比如說歌德、杜甫這樣值得尊敬的人。

他都把他們召喚到他的《十四行集》裡，邀請他們來一起思索，一起回答——生逢亂世的我們能夠怎麼樣？我們如何在這個動蕩不安的宇宙中安身立命？

接下來他所寫的詩越來越深，越來越沉靜。好像世界越動蕩，他偏偏要越反其道而行之，去追溯世界的本源，去思考世界。下面這一首也是我非常喜歡的第二十一首。

我們聽著狂風裡的暴雨，
我們在燈光下這樣孤單，
我們在這小小的茅屋裡
就是和我們用具的中間

也有了千里萬里的距離：
鋼爐在嚮往深山的礦苗
瓷壺在嚮往江邊的陶泥；
它們都像風雨中的飛鳥

各自東西。我們緊緊抱住，
好像自身也都不能自主。
狂風把一切都吹入高空，

暴雨把一切又淋入泥土，
只剩下這點微弱的燈紅
在證實我們生命的暫住。

這詩所寫的不但是亂世，還是亂世中的一個暴風雨之夜。在這樣的時刻，人最容易感到孤獨無依，這個孤獨無依具體呈現出來，是在一個非常狹窄的空間裡，你看到的一切都在慢慢地跟你拉開距離。

明明是一個躲避風雨的茅屋，但你看著這身邊的一切，像在荒原上，他們都想去尋找安定，要從哪裡尋找安定呢？

在我們的本源尋找安定，就像我們從母親，從女性的身體去尋找一種安慰。為什麼女性能給整個人類帶來和平？因為女性是母親，她是我們的本源。

一個「鋼爐」在詩人的想像之中，在他的邏輯推理之中，它肯定也會想回到母親的子宮，回到深山的礦場裡面去，因為它是從深山採出來的，在風雨飄搖之際，它只想回到他的母親身邊，成為當初的「礦苗」。

而他手邊的這麼一把瓷壺，它嚮往的是江邊的陶泥，那也是它鑄造出來的地方。

它們不但嚮往著自己的過去，嚮往著自己的童年，嚮往著自己出生誕生之地，它們甚至好像要展翅飛翔，要飛回去一樣。

這個風雨呈現了這麼一個機會，讓它們擺脫被人類使用的這麼一種工具性的功利的目的，而回歸到自然，回歸到宇宙裡面。

當然從整個廣闊的時空觀來看，最終它們還是會回去的，就像人類會回到大地裡，回到宇宙中成為一個分子、一個原子一樣。

在這麼一種萬物分崩離析的情況下，人類如何尋找自己的歸宿呢？馮至寫到了「我們」，可能是他和他的愛人，也許是他和他的朋友、同志，他們「緊緊抱住」。

「緊緊抱住」，這是一個為了能在這狂風暴雨之中尋找固定的位置一樣的姿勢，抱著彼此，更加有重量，不被風所帶走。但同時也是一種在我們同類之中尋找本源的努力。他的愛人成為他的本源，人類所能依靠的只有人類自己。

這個時候像魔術一樣，你發現原來那些鋼爐、陶器，它們的這種回歸本源的願望並非是天馬行空的，並非只是詩人一廂情願加給它的。「暴雨把一切又淋入泥土」，這就好像那個壺它承接了水一樣。

原來泥土被做成壺，承接了水，這一個意象本身就呼應著大地承接暴雨這麼一個意象，也就是說，這個壺它已經完成了它的這麼一個回歸它的本源的心願。

原來如果我們珍惜、重視地去看我們身邊的萬事萬物，尤其是從大自然的元素裡提煉出來的手工製品，你就會發現它其實就是在呼應著它的本源。

我們常常覺得人生如此虛無，但是有一句話的確是能夠推翻這種想法的，那就是笛卡爾所說的「我思故我在」。

這句話非常有力，我們唯一能夠辯駁我們的虛無的，就是我們現在在思考虛無這一個行為，或者說我現在跟你們談論虛無這個行為。

馮至寫那麼一首詩給我們，讓我們得以談論虛無，這麼一個行為，這些行為加起來就是這個「暫住」。雖然是「暫住」，畢竟就是「住」，我們雖然短暫，畢竟留下了我們的痕跡，這個痕跡甚至不用具體地去留下。

只要我們思考過我們存在，那就證明這個存在並非是一個玩笑，一個虛無。就像這盞燈一樣，點了這盞燈的這個暴風雨之夜，跟沒有點這盞燈的暴風雨之夜截然不同。

抗戰的民族跟不抗戰的民族徹底不同；說「不」的人，跟逆來順受、犬儒地接受一切的人如此不同，這一聲「不」，就能證明我們生命的「暫住」。

32 當代歷史是不只屬於「人中之鹽」的書寫

古代的吟史詩，或是借古諷今，或是借酒澆愁，多是發揮教化的功能。現代詩中的歷史詩，要回答的卻是歷史到底屬於誰的問題。

本文要以瘂弦的〈鹽〉為例，討論現代詩如何講述歷史。

來講講講歷史的詩意。

聽起來，歷史非常沉重，尤其是中國的歷史。而且，去書寫歷史的人往往會板起面孔，要大家以史為鑒，這也是儒家傳統加給以前的詩人的使命。

詠史詩，就是詠誦歷史的詩，是中國傳統詩歌的一個很大的組成部分。好幾位重要的詩人，他們都以寫歷史的詩，來讓他的同行以及後輩留下深刻印象，像杜甫、李商隱、杜牧等等都是。

古人寫史詩，或多或少要通過這首詩來顯示自己的政治能力，顯示自己是如何看待過去的錯誤的，如何借由一首詩，把過去的錯誤轉化為當下的借鑒。

當然，他們往往不會成功，因為我們的詩人多少有點一廂情願，皇上、執政者，根本不會太理會我們詩人對古代的這種借古諷今。不理會倒好，一理會，說不定還會叫你人頭落地。

於是我們詠史詩，又慢慢變成了一種借酒消愁，拿古代一些命運相似的這些義士，或者品行高潔但是遇人不淑——說遇人不淑是太過分了，應該說是懷才不遇的這些歷史上的名士，來給自己打氣，來澆自己塊壘。總的來說，古代關於歷史的詩詞，大概就是這樣的幾種。

但是如果詩人現在還要寫關於歷史的詩，其實多少會有點尷尬，因為讀者從詩所期待的，不再是一種教化，更加不再是那種要輔佐皇室，以淳世俗，或者讓社稷更加親民，政治更加清朗的內容等等。

其實有句話說的特別好——歷史都是當代史，我們如果要從歷史中找到當代的成分，我們首先要重建當代的、普通人的歷史話語權。

這個重建的方式，就是通過對歷史上的普通人、歷史上的小人物的重視，奪回歷史到底是屬於什麼人的，這麼一個權利。

把古代史官只寫權貴的這支筆還給老百姓，這是非常正當的，因為歷史洪流中的每一滴水，其實都會導致漩渦的出現。每一個小角色，這些歷史的戲劇裡面無無足輕重的小角色，其實都是我們的投影。

最後詩人要通過這些描寫，帶出他對這個世界的看法，對這些小人物的生死的看法。事實上，誰能說，誰的生死更輕更重呢？

很能說明這句話的，是一首瘂弦的詩，這首詩可以用驚心動魄來形容，那就是〈鹽〉。

> 二嬤嬤壓根兒也沒見過杜斯妥也夫斯基。春天她只叫著一句話：鹽呀，鹽呀，給我一把鹽呀！天使們就在榆樹上歌唱。那年豌豆差不多完全沒有開花。
>
> 鹽務大臣的駝隊在七百里以外的海湄走著。二嬤嬤的盲瞳裡一束藻草也沒有過。她只叫著一句話：鹽呀，鹽呀，給我一把鹽呀！天使們嬉笑著把雪搖給她。
>
> 一九一一年黨人們到了武昌。而二嬤嬤卻從吊在榆樹上的裹腳帶上，走進了野狗的呼吸中，禿鷲的翅膀裡；且很多聲音傷逝在風中，鹽呀，鹽呀，給我一把鹽呀！那年豌豆差不多完全開了白花。杜斯妥也夫斯基壓根兒也沒見過二嬤嬤。

這首詩是一首非常北方的詩，——鹽，這種人類生存最基本的東西，怎樣在一個人的生命中缺席，成了她最後的牽掛，到最後她也得不到。

這裡面涉及的兩個人物，一個是連個姓名都沒有的二嬤嬤，這是農村裡對老婦人的一個稱呼。另一個是文學大師，俄羅斯的偉大小說家杜斯妥也夫斯基。他以寫人類的苦難命運，寫人類的宗教情感的折磨與超越以及難以超越而著名。他最有名的作品是《罪與罰》《卡拉馬佐夫兄弟》《白痴》這三部，都涉及了上面我所說的主題，既有塵世的憐憫和絕望，也有宗教的救贖和虛無。

二嬤嬤是不是就是這個注定不能在歷史上留名的人？杜斯妥也夫斯基認為他的作品嘗試給俄羅斯很多像二嬤嬤這樣的人留名，而他也因此留名青史。但這並不重要，重要的是「鹽」對於他們來說到底是什麼。

在基督教裡面去理解鹽，會對這首詩有完全不一樣的看法。鹽，聖經裡說，義人（有義氣的人，會做好事的人），是「人中之鹽」，是人裡的鹽。就像我們做菜，如果缺乏了鹽的調味，它就會索然寡味，但是有了一點鹽，一切就不一樣。

所以「人中之鹽」，就是人裡的精華，人裡的不可或缺的東西。鹽，既是最基本的一種調料，但它又是最高貴的，不是人人都能成為鹽的。

那麼到底二嬤嬤是前者，還是後者？杜思妥耶夫斯基是前者還是後者？驟眼看來很清晰的，杜思妥耶夫斯基是人中之鹽，而二嬤嬤呢，她也是鹽，她是最基本的，卻往往被忽略的鹽，被掃走了，或者吃不出滋味的鹽。

現實狀況是什麼呢？是「天使們在榆樹上歌唱」，每逢飢荒的時候，榆樹皮往往都被扒下來吃，這裡呼應著「不能開花的豌豆」，豌豆是有營養的，也是普羅大眾可以吃的東西，但是豌豆沒有開花結果，人們就只能寄望於榆樹，而榆樹上面站著天使，其實這也是通往死亡的道路。

與此同時，我們還有鹽務大臣，多麼霸氣的名字，一個管理鹽的人也能稱為大臣。清朝的時候，有這麼一個鹽務大臣，他的駱駝隊在七百里以外海邊走著，鹽對於他們來說垂手可及，但是在清末，這種民生有關的商務，已經崩潰失效了。

七百里，並不是太遠，但它流轉不到二嬤嬤所在的地方，就是所謂的皇上的恩威鞭長莫及，來不到底下的每一個小民那裡。官員壓根就沒有什麼恩威，他只是這樣走著走著，就完成了他的事了。

而二嬤嬤呢，她瞎掉了的眼睛，根本就沒有看見過海。同時這又是一個隱喻，這個瞎掉了的眼睛裡，連眼淚都沒有了，眼淚和海一樣也是鹹的，裡面也有鹽分，但是她的眼睛欲哭無淚，即使她繼續叫著，鹽呀，給我一把鹽呀！但回應她的是站在榆樹上的天使們，不但沒有鹽給她，反而給了她一場大雪。

這場雪，既是災荒年間的必然的配備，也象徵了冷酷的天意。這令我想到了杜甫有一句詩，他說：「眼枯即見骨，天地終無情」。他安慰一個小兵說，你別哭了，你再哭，你眼睛哭乾掉了，就會露出你的骨頭來，天地是無情的，你要自己珍重自己。

二嬤嬤的這個眼睛就是哭乾了的，連雪打下來，也不能滋潤她，即使是那麼冷酷的天意。

接下來筆鋒一轉，突然大歷史出現了，一九一一年，辛亥年。辛亥年，黨人，革命黨到了武昌，起義了，變天了，但是對於二嬤嬤來說，這有什麼意義呢？二嬤嬤拆下裹腳帶，把自己吊死在榆樹上。這一個意象令人觸目心驚。

裹腳帶是捆綁了、阻礙了這樣一個女性一生的象徵物，到最後卻成為了她尋求解脫唯一可以依賴的舊時代的象徵。用這麼一個舊時代的象徵去解放自己，那是對前面一九一一年這些黨人的革命的絕大的反諷，為什麼普羅百姓沒有能從革命中得益呢？

二嬤嬤她解放了，但她走進的是野狗的呼吸中，禿鷲的翅膀裡，就像西藏人的天葬一樣，她獲得了一種殘酷的自由，這種所謂的自由，也是我們自己安慰自己，甚至安慰無數像二嬤嬤這樣的人的一種說法而已，因為她們活著太苦了，死去，無論如何，也可能是一種解脫吧。

接下來，不只是她在叫了，因為她已經滲透到接納她死亡的萬事萬物裡面去，很多生命在喊——鹽，給我一把鹽。

這種眾生合唱像是哀歌，又像是剛才樹上的天使，在歌唱著這麼一種共同的命運，不只是二嬤嬤一個人的，是萬事萬物都欠缺這一把鹽的救贖，都欠缺這種「人中之鹽」來到他們身邊，帶給他們希望。

剩下的只有遍地的豌豆，它是開花了，開了白色的花，這白花是詩人的悲憫，是種哀悼，就像魯迅說的，他曾經想在《墳》這部小說裡面的墳頭上放一朵白花，雖然沒有希望了，但詩人本身的悲憫，安排了這一場白花的開放，這場白花也是跟鹽、跟雪相呼應的一個白色意象，歸根到底，這是絕望。

所以，詩人接著說，杜思妥耶夫斯基壓根兒也沒見過二嬤嬤，談不上拯救，談不上憐憫。杜思妥耶夫斯基跟詩人瘂弦還有我們一樣，都只能從文字裡尋求一點救贖，而這個救贖，也許根本去不到二嬤嬤這樣的人身上。

這樣的一首詩，就好比一部微小說，它的情感容量，它的時空跨度，巨大得可以跟一部中篇，甚至長篇小說相比——俄羅斯，中國的北方，海邊的運鹽的隊伍，像一幅長卷一樣長地展開，而這幅長卷上的這三者是隔絕的。

瘂弦是一個台灣詩人，而且是一個在台灣的外省人。他因為從軍所以從中國大陸流離來到台灣。他以這樣的一個身份去反思辛亥革命跟正統歷史裡面書寫的人，跟我們這些沒有親身參與過戰爭，參與過國家的改變的人，其意義是非常不一樣的。

也只有瘂弦這樣的經歷，才能夠讓他可以無愧於心地去寫這麼一首詩，這首詩並不是一個居高臨下的一種意淫，而是感同身受。所謂的「興，百姓苦，亡，百姓苦」。

這首詩為什麼這麼驚心動魄？因為他寫出了中國的這種不可逾越的悲劇，這種悲劇發生在每一個人身上，不只是在歷史書上。

33 世界末日對人類來說沒有意義

你想像過未來嗎？未來有末日嗎？

本文會以波蘭籍美國詩人米沃什的〈一首關於世界末日的歌〉為例，討論在末日的那一天，人們怎麼度過。

在詩歌裡，末日從來都不是末日那麼簡單。詩歌在文學經典上，它不斷地反對宗教經典上的末日，無論它處理多麼虛無、多麼消極的題材。文學本身就是一種積極，而且這種積極不是盲目樂觀的，而是要讓人看到了世間萬物的積極能量，所以當它面對末日的時候，它能夠歌唱。

我首先跟大家分享我非常熱愛的一位波蘭的當代詩人，後來入了美國籍並獲得諾貝爾文學獎的詩人米沃什，他有一首著名的詩叫〈一首關於世界末日的歌〉（張曙光譯）。

在世界結束的那天
一隻蜜蜂繞著三葉草，
一個漁夫補著發亮的網。
快樂的海豚在海裡跳躍，
排水管旁幼小的麻雀在嬉戲
而那蛇是金皮的，像它應有的樣子。

在世界結束的那天
婦人們打傘走過田野，
一個酒鬼在草地邊上打盹。
蔬菜販子們在大街上叫賣
一只黃帆的船駛近了小島，
小提琴的聲音持續在空氣中
進入一個綴滿星光的夜晚。
那些期望閃電和雷聲的人

失望了。

那些期望徵兆和大天使喇叭的人
也不再相信它會發生。
只要太陽和月亮在上面，
只要黃蜂訪問一朵玫瑰，
只要薔薇色的嬰兒出生
就沒有人相信它會發生。

只有一位白髮老人，會成為先知
但還不是先知，因為他實在太忙，
一邊架著西紅柿一邊重複著：
這世界不會有另一個末日，
這世界不會有另一個末日。

華沙，1944

這首詩表面上根本跟末日毫無關係。他寫的明明都是我們日常所發生的，但是你仔細一看，這些日常所發生的，我們這個世界上的人是否都理所當然地擁有了並不一定。

很多地方已經沒有了這種平和的景象，沒有了漁夫在補網、海豚在跳躍，一切都在平和中靜靜滋長這樣的一種景象。我敢說，很多城市或者很多戰爭、貧困以及各種社會問題所糾纏的地方，都很難找到這景象。也許我們這些城市已經不配有一個這樣的世界末日。

米沃什是一個背靠著整個歐洲文明的詩人，他的詩也極強調文明的力量，強調歐洲的價值。也許這句「歐洲的價值」在某些東方主義者或者說民族主義者的耳朵裡聽來刺耳。因為我們在某種左翼標準裡面聽到歐洲價值，就會想像那是殖民者的價值，那是侵略第三世界國家的人的價值，其實並不是的。

從文藝復興以來，可以說是一種歐洲的力量——歐洲的文明的價值——在支撐著整個人類文明基礎的價值。雖然它也經歷過一戰、二戰的種種毀滅、種種幻滅，最後仍是靠他自己的力量，自己修補——就像那位漁夫一樣，讓人能夠稱之為人，有他的尊嚴，有他的權利，有他的未來。

就是在這樣的背景下，米沃什嘗試去說末日的意義。當我們說到End，說到完結、終結，它還有另一層意義，就是完滿了。

結束不一定是「出師未捷身先死」的那種遺憾，也有可能是他已經做完了這一切，他已經滿足了。他安然地收拾準備離去。甚至我一直理解的海子的自殺也是這樣的一種意義，他是覺得自己已經做到了、做好了自己要做的事情，比如說詩歌，所以他的去世是安然的離去。

這首詩裡蜜蜂繞著三葉草，那是很正常的，漁夫當然是要補網了，海豚當然是要在海裡跳躍了，麻雀當然是在玩了，一切都是在一個秩序中，萬物都有它的秩序，而萬物嵌進了它的秩序沒有失序，那就是一種完美。

接下來，婦人們打傘走過，酒鬼打盹，這都讓我想起了印象派畫家莫奈，他所畫的一些法國的日常場景。尤其他有一幅畫他太太打著陽傘逆光站立，他抬頭看過去畫下來的畫。我在巴黎奧賽美術館看到這幅畫的時候，忍不住流下了眼淚，我覺得它代表了人類所有的幸福。

詩接著寫道，船必然是要駛進港口的，它是要回家的，它不是要離開，不是要去一個未知的世界冒險。在這個時候，藝術家出現了。小提琴的聲音在空氣中持續著，並沒有中斷。這是一個充滿星光的夜晚——那可能是梵高的星月夜，這是對後面那些期望閃電和雷聲的人的一個非常有力的反駁。

這些毀滅的光和聲音，被藝術家的創造所取代。聲音比不過小提琴的聲音，雷聲比不過優雅的、有人類所有情感灌注在裡面的古典音樂的聲音。閃電必然沒有這個平和地、閃爍著的滿天星斗的這麼一個夜晚——梵高的星月夜——那麼輝煌。

自然的荒蕪、自然的毀滅，被藝術家的創造所取代，這也是我說的米沃什對人類文明的歌頌。所謂大天使的喇叭就是指的《聖經．啟示錄》裡面說的，第一位天使吹號就會怎麼怎麼樣，第二位天使吹號就會怎麼怎麼樣，全是關於地球的毀滅的。

但是，詩人說你們會失望，啟示錄並不是啟示末日的，它只是在規勸現實，規勸我們珍惜現在。接著他鋪陳的依然是現在的力量，太陽和月亮，陰陽的力量。蜜蜂訪問玫瑰也是一種對生育的延續。蜜蜂只要訪問玫瑰，花粉就得以傳播，接下來生出來的是薔薇色的嬰兒，玫瑰之子。

人類的孩子出生的時候，皮膚會熠熠發光。沒有人相信，也是沒有人會同意，所謂的末日可以發生，甚至包括那常常預知末日的先知，他忙得無法去跟你談論什麼末日，因為他要整理他的西紅柿。他依然還在整理生機，他也許是在告訴我們，即便是末日發生這一天，也應該有一天的意義。

寫詩的人喜歡說這麼一句話——也許只是我喜歡，我的一個座右銘——把每一首詩當成是你的遺作去寫，把每一日都當成世界末日去過。如果只剩下一天了，你會非常珍惜這一天的每一分、每一秒，你會珍重且愛慕地看著你能看到的一切。

如果這樣的話，世界末日對於人類來說是沒有意義的，因為我們已經珍惜過這個世界。

34 光動萬物，草木欲言

「科學」似乎是個與詩歌相隔很遠的詞。然而許多詩歌會談論到萬物之間相互發生關係的規則，這是科學的根基，也是大自然與生俱來的詩意。本文引用加里．斯奈德的〈光的作用〉，在他的詩裡，石頭會說話，樹木會說話，鹿也會說話。

這一篇要跟大家談科學的詩意。

請不要被這個名字嚇到，我不是要講最尖端的「科學」，那種可能要經過專業訓練才能理解的科學。我要說的是最自然、最樸素的某些我們日常所接觸的定理，日常所接觸的萬物之間它們發生關係的一些規則。

這些東西其實就是科學的根基，當我們去深究它，我們一方面會走上純粹理性的科學研究，另一方面文學創作者則會在這種「深究」裡發現一種詩意，這種詩意是大自然萬物與生俱來的。

人類是自然萬物之中的一員，他也應該能感應這種詩意，只不過我們把自己定義成了「社會人」，定義成了「城裡人」，定義成了「做題家」，而忘記了那種與生俱來的跟萬物呼應，在萬物中學習的能力。

我自己最早覺悟到這一點，是很久以前我剛剛開始寫詩的時候。有一天我無意中寫出的一個句子，那大概是我二十歲左右，我寫過一組詩，關於魚，叫《魚們》，複數的魚。

其中當我寫到魚在下沉的時候，我本來是寫一條魚，寫它可能慢慢沉到深海裡去，就再也不回來水面上了，這當然也在寫年輕的我當時某種孤絕的心境。

我突然寫出了一句叫「水越深，歌聲就漫長」。魚是沉默的，但假如魚歌唱那會怎麼樣呢？我寫出這一句是因為我以前留意過一種說法，聲音在水中的傳播會比空氣中慢很多，而且水越深會越慢。當那些深海潛水員他們互相要敲擊鐵的東西來發出聲音，來提醒對方彼此的存在的時候，越到深海是越困難的。

我從一個藝術角度去想，反過來想，既然這樣如果要在海中唱出一首歌，當然這是不可能的，但假如真的能唱出一首歌，這首歌在水裡的傳播，會不會被水拉得很長，慢慢慢慢地，很久很久地才能傳到別人的耳朵裡面去，但是我並不在乎它要傳那麼久。因為它越長，這首歌也就綿延得越廣闊，越動聽。

這是對科學的一種詩意的誤讀、曲解，但是在詩裡，這是合理的，只要你不拿真正的科學來質問我。

我所做的「曲解」，雖然多少對科學有所引用，但是又讓科學變了個樣，它在科學裡是經不起推敲的，在文學裡卻變成了很耐人尋味的這麼一個隱喻。

今天要跟大家分享的一位詩人，他就很擅於此道，他其實是一個非常務實的人，這個人叫加里．斯奈德，他是美國現在最精於東方文化的詩人。他會漢語，會日語，還曾經在日本京都當過和尚。

他更多的時間他住在美國的一個森林裡面，他當過防火的瞭望員，後來自己在森林裡蓋房子、耕作，跟他的孩子在一起，還有很多追慕他的學生也會去那裡幫他忙。

加里．斯奈德剛出道時候被歸為「垮掉的一代」。「垮掉的一代」顧名思義是非常反叛，非常不屑於世俗的種種規則、事物的，「垮掉的一代」的代表詩人是艾倫．金斯堡就是一個憤世嫉俗、放浪形骸的同性戀詩人，也是積極的反戰詩人，後來又成為一個宣揚藏傳佛教的詩人。

加里．斯奈德跟他很不一樣，雖然他們是好朋友。他們還有另一個好朋友小說家凱魯亞克，寫過一本書叫《達摩流浪者》，裡面就會出現這些朋友的化身，其中加里·斯奈德是以一個智者的形象出現的，他懂得很多大自然的奧秘，又懂得很多佛教的奧秘。

他把這些奧秘傳給這些瘋狂地生活的人，讓他們在瘋狂的生活中時時能夠看到明亮的東西，看到智慧的閃爍。「垮掉的一代」正因為如此成為了不垮掉的一代，他們只不過選擇了跟我們所習以為常的生活方式不同，但他們這樣去尋找生活的目的和真理，自成一套，往往比我們做得更好。

斯奈德寫的詩絕大多數都跟他所生活的森林有關，更跟他作為一個森林裡面的勞動者有關。首先我跟大家分享一首他的〈光的作用〉（梁秉鈞譯），寫他所看到的和他感受到的。

它溫暖我骨頭
石頭說

我吸進它，它長出
樹葉在上
樹根在下

樹木說

一個廣渺而模糊的白色
把我從夜裡拉出來
飛蛾邊飛邊說——

有些東西我能聞到
有些東西我能聽到
我能看見的東西更多了
鹿說——

一座高塔
在遼闊的平原上
如果爬上去
一層
你就會多看見一千里。

這首詩裡面有很多種說話的聲音，在現實中都是不能說話的——石頭、樹木、飛蛾、鹿，而能說話的詩人，他隱藏在這背後，為它們代言。

李白有一句詩，在他的〈長歌行〉裡他寫道「東風動百物，草木盡欲言」。東風吹過來了，百萬種事物被東風吹動，它們都想說話，這就是這首詩裡光照到了加里．斯奈德周圍的森林裡的萬物，這萬物也想說話，而詩人感受到了這種萬物想說話，草木盡欲言這種衝動。

他看到它們在光裡閃閃發亮，似乎是要跟自己說一些道理，於是詩人索性就把自己代入到石頭、樹木、飛蛾裡面去，去說出它們對光的作用，就是我們說的光合作用的一種反應。

石頭冰冷的，它覺得自己這塊老骨頭被溫暖了，這是光的熱力的安慰，對一種冰冷的有歷史事物的一種安慰。老骨頭被溫暖了，它就想活動。

那樹木就更是光合作用了，它吸進光，它自己也獲得生長，樹根要扎根在下，樹葉向上，獲取更多的陽光。

接著是從眼前飛過一隻飛蛾，飛蛾是有趨光性的昆蟲，它會看到一個模糊的光，把它從黑夜裡拉出來，這就非常像一個人對某種能夠引領自己事物的一種渴望。

最後出現的是鹿，這非常有趣，你不知道鹿說的是前面的話還是後面的話，其實兩者可能都是它說的，而且說著說著這隻鹿變成了詩人本身。

加里·斯奈德很想成為這樣一隻鹿，鹿就像一個詩人一樣，能聞到東西，聽到東西，看見更多的東西，這就是詩人的敏感，詩人像鹿一樣敏感、敏銳，他比一般人看到的、感受的更多，而且他覺得還不夠。

這裡加里·斯奈德的中文修養出來了，「一座高塔／在遼闊的平原上／如果爬上去／一層／你就會多看見一千里。」我們一看這句詩馬上會想到耳熟能詳的唐朝詩人王之渙寫的這一句，從小就在我們耳邊迴響的：「欲窮千里目，更上一層樓。」

多麼奇妙！從最自然、最基本、最樸素的萬物慢慢地去聽、去走、去寫，最後來到了一個古老文化傳達給我們的一種智慧，而且這一切渾然一體。我想只有斯奈德這麼一個日夜在大自然中浸染，又熟讀中國古典的西方詩人，能夠把這寫到一塊來。

光的作用，又何嘗不是詩的作用呢？正因為有詩，光跟石頭跟樹木、飛蛾、鹿和詩人自己能產生的關係，不只是一個純粹的、客觀的、科學的給予與接受，而是有了情感，有了真理在其中閃爍，有了從人類出發又回到人類去，當他回來的時候，他攜帶著自然萬物給予他的加持。

在人的概念上，這個人從最初看到石頭被光照耀，到寫完這首詩，經歷了很多，增加了很多，豐富了很多。

加里・斯奈德有一點非常重要的詩人的素質，那就是——要做好一個詩人，首先要做一個完滿的人，盡可能去懂得人在這個世界裡應該懂得的很多東西。

35 操斧伐柯，雖取則不遠

我們繼續通過加里·斯奈德討論科學的詩意。加里·斯奈德不僅是個農夫，還是個獵人、消防員，甚至會維修汽車、拖拉機。他的詩都來自這樣的生活經驗。本文將以他的〈斧柄〉以及〈移開反鏟機液壓系統的泵板〉為例，感受美國農夫眼中科學的詩意。

斯奈德是個生活在大自然裡面的詩人，除了詩人這麼一個響噹噹的頭銜，他還是個農夫，是個獵人，是個消防員，是個會維修汽車的人。

總之，在大自然裡生存所需要的一切技能，甚至在現實城市生活裡需要的許多技能，他都掌握了，他很多詩作，都來自於對這些技能的親身體驗。

所以要講科學的詩意，我馬上就想到了他。科學對於他來說，其實就是生存的技術，他還從這種生存技術中發現到詩意——一種最原初的、最樸素的詩意。今天跟大家分享他早期最有名的一首詩〈斧柄〉（許淑芳譯）。

四月最後一周的某個下午
教凱怎麼甩手斧
飛旋半圈後扎進樹樁。
他想起有一面手斧頭
沒了柄，就在店裡
便去弄了來，想擁為己有。
門後有一截斷斧柄
配這把手斧足夠，
我們把它砍到長短合適
連同那斧子頭
以及木工斧一起拿到木墩上。
接著，我用木工斧
削那舊斧柄，而最初

從龐德那裡學來的詩句
在我耳邊響起！
「當你製作一把斧柄
模型不在遠處。」
於是我對凱說：
「你看：要削一根柄，
只要好好看
削東西的這斧子的柄。」
他明白了。我又聽見：
公元四世紀陸機
在《文賦》序言中
所說：「當用斧頭
砍削木頭
去製作斧柄
那模型其實近在手邊。」
這是陳世驤老師

多年前翻譯並教我的
於是我明白了：龐德當過斧子
陳世驤當過斧子，現在我是斧子，
兒子是柄，過不了多久
要由他去斧削別人了。模型
和工具，文化的手藝，
我們就這樣延續。

這是非常樸素的敘述，整首詩就是一個小小的事件，但這個小事件，從一個父親為一個孩子修理一把斧頭開始，拉到了這個父親年輕的時候學漢語的經歷，再拉到了漢語怎樣影響當代西方詩歌的這麼一個歷史，龐德就是其中一個重要的橋樑。

然後再回到漢語最初怎樣發現這麼一個修理斧頭的方式裡的詩意，陸機在《文賦》的序言裡寫了這麼一句，叫做「至於操斧伐柯，雖取則不遠」，就是說拿著斧頭去將一根木頭製成斧頭的柄，而製造那塊木頭柄的準則，其實就在你的手裡。

所以你要一邊看著自己手裡那把斧頭，然後把木頭削成一把新斧頭的柄，而這一句話又是陸機從更早的《詩經．國風》裡引用過來的。

《國風》裡是怎麼寫的呢？它說「伐柯如何？匪斧不克。取妻如何？匪媒不得。伐柯伐柯，其則不遠。」斯奈德又把它翻譯成現代詩，他說：

你如何削出斧柄？
沒有斧子沒法辦到。
你如何娶得媳婦？
沒有媒人無法辦到。
削斧柄，削斧柄，
那模型並不遙遠，
而這裡有位我認識的姑娘、
美酒和食物排成一行行。

這麼一連串的回溯，其實是為了這首詩最後所說的，文化的延續是非常神奇，出其不意的，誰也想不到《詩經》會影響陸機去思考關於文學創作裡的準則問題。

我們要去創作一首詩，創作文學，準則很可能就在我們的手邊，就像我們拿著斧頭去做斧頭一樣。

陸機的文章影響了差不多十六個世紀以後的大詩人龐德，而龐德又影響了一位著名的漢學家、在加州大學任教的陳世驤，陳世驤又影響了他的學生、我們的詩人，加里・斯奈德，而加里・斯奈德先是通過手把手的教導影響了他的兒子阿凱。凱是他兒子的日文名字，因為斯奈德的太太是日本人。

這首詩又來影響了比如說我，然後我現在又透過文字向大家朗讀和解說，來影響你們。

我們一開始都是木頭，後來被削成斧頭，然後斧頭又去削另一個木頭，這樣循環又循環，文化、文明就是這樣傳承的。

斯奈德收錄〈斧柄〉這首詩的詩集就叫做《斧柄集》，可想而知他多麼重視這首詩，而在這本詩集裡的他是一個非常敦厚、實在的人，他甚至是繼承了中國詩歌的說教的一面，就像剛才那首詩。

他翻譯寒山的詩，翻譯禪詩，也都帶有說教勸世的意味，甚至比加里・斯奈德所推崇的中國詩人杜甫還要多說教和勸世的意味。

只是加里・斯奈德把它美國化，把它套到在拓荒時期的美國人的生活經驗裡面去，這就是一種生存智慧。沒有生存智慧，是沒法在美國的荒野上生存下來的，而斯奈德的生存智慧，是從東方引領過來的。

所以加里·斯奈德的說教跟很多中國詩歌不一樣，中國詩歌的說教是所謂的煌煌大言，大言不慚的大言。很多詩人他是沒有什麼生活經驗的，都是養尊處優的，高高在上指點江山，那種說教是很令人討厭的，而加里·斯奈德的說教全是落在實處的，全是從最瑣碎，像替兒子修理一個斧頭這樣的事而來。

在《斧柄集》裡，大都是一個年過五十的中年男人在山居裡，每一件事情都事必躬親，自己去做，一個父親帶著兩個兒子在每一個事務上給他們傳遞生活經驗，再把它寫成詩，向我們傳遞生活經驗，甚至詩歌經驗。

「操斧伐柯，雖取則不遠」，句子裡的斧柯，柯就是柄，就是斧柄。則就是標準，你用來做斧頭的模型，這隱喻是很明顯的。

「不遠」這兩個字，我就非常喜歡，在加里·斯奈德詩裡的表現令我想起孔夫子所說的那一句「未之思也，夫何遠之有」這種感慨。

你沒有想它而已，你一想沒有東西是遠的，詩歌就是一種無比親近的事物，它在我們身邊，給我們提供智慧，提供美感，提供更深刻的感受，雖然詩人寫著很遙遠的事物，又總是把遙遠的事物拉到我們身邊來。

加里·斯奈德詩裡就常常有這樣的一種思，一種思念，他思念著地球和人類的本來面目。而我們去寫類似的詩，也是嘗試去想起我們的本來面目。

這個本來面目，現在經常被說成是初心，我覺得說本來面目可能更樸素一點，因為思念這種本來面目，我們才得以親近真理，就像海德格所說的，詩人是跟真理為鄰的。我們為了跟真理成為鄰居，所以才寫詩。

加里．斯奈德傳遞真理的手法，往往就像剛才那首詩那樣，以一種山間農夫那種驚喜的口吻，讓讀者參與他的發現，我們好像跟了他一起去找到一個斧頭，找到一條木，把它裝起來這麼一個過程，隨喜讚歎。所以我們對這位詩人和他所傳達的真理，也感到非常親近。

所以我說加里．斯奈德他是先成為一個完整的人，再成為詩人的，他掌握了在這個時代一個農夫完整的必須掌握的種種技術，種種對大自然的情感，然後他才成為詩人。

他甚至寫過類似〈深夜與州長談預算〉這樣的詩，這個題目聽起來特別像唐朝某一個官僚詩人，像杜牧或杜甫他們所寫的跟長官談某個縣裡發生什麼事了，暴雨來了，我們應該撥點人手去修理那裡等等這種詩，杜甫寫過非常多。

但是過去一千年，很多詩人是絕對不敢碰這個題材，因為這好像毫無詩意，其實並不是毫無詩意，而是取決於詩人本身處理詩意的能力、發現詩意的能力比不上一千年前的人而已，那斯奈德他就力求追上這種能力。

斯奈德甚至還寫過一首〈移開反鏟機液壓系統的泵板〉這樣的非常機修人員、汽車修理人員的詩。

但是這樣一首詩，可能連唐朝的詩人都寫不來的，不但因為這個反鏟機液壓系統唐朝沒有，還因為唐朝的詩人很多都是不事生產，不會直接像陶淵明那樣真的可以拿著鋤頭去勞動的。

最後就給大家分享一下這首非常短的詩〈移開反鏟機液壓系統的泵板〉（許淑芳譯）。

穿過污泥、髒乎乎的堅果、黑色污垢
它打開了一道無暇的鋼鐵閃光
鍛造安裝得完美
輸入與輸出的渦旋
永不間斷的明晰
在工作的
中心。

這整首詩是寫成一個倒三角形，一個漩渦，你掀開一個機器的面板，你看到它裡面的運作，跟大自然裡漩渦的旋轉非常像，永不間斷的、非常明晰、完美的，帶有閃光的。

最後還原到它像是一顆堅果，堅果是大自然的食物，但是打開來是一具機器，有機物和無機物完美的呼應著，都是大自然的繼續，這樣發現的詩意是獨一無二的。

36 一個有關地球的祈願

政治如何銜接到詩，政治的本意如何？

本文將從古希臘的城邦政治談起，以嚴力的〈還給我〉為例，討論政治的詩意。

全書漸近尾聲了，越到尾聲，我應該來談越重要的東西。本文要談的是關於政治的詩意。

其實回溯政治的本意，蠻有詩意的。離我們比較近的孫中山先生，是他先在政治意義上使用「政治」這個詞的，他認為「政」是眾人之事，「治」就是管理，管理眾人之事，就是政治。

這句話可圈可點，非常清晰，說明了在現代社會裡最理想的狀態下，我們可以如何處理好一個社會的事物運轉，但他借鑒的是古代最早的政治——古希臘的政治，一個真正的政治的理想狀態。

古希臘政治是城邦政治，只要年滿二十歲的公民，不包括婦女、奴隸和外邦人，其它公民都能夠參與城邦的管理和統治工作。

在古希臘人看來，人是具有德性的，人生活的意義在於實踐自己的德行，而且人就是天生的政治動物，所以人也是天生具有德性的動物，這兩者因果是互相作用的，人們通過政治，在公共活動中展現他的德行。

亞里士多德就說過，政治的目標是追求至善，善是政治的目標。而城邦公民之間是通過互相說服來達到政治目的的，當然這個說服後來就上升到像議會一樣的辯論，甚至是投票。

在古希臘，人與人之間在政治關係上是完全平等的，大家都是服從於自己參與制定的法律，我們是合作去做好一件事，而不是說我指揮你，你指揮我去做好一件事。

但是政治怎麼銜接到詩裡呢？除了之前我們講過的反抗的詩，自由的詩等等，詩如何去觸碰一種政治的理想狀態，或者說政治的極端狀態？我選了兩首很不一樣的詩來分享，第一首是嚴力的〈還給我〉。

請還給我那扇沒有裝過鎖的門

哪怕沒有房間也請還給我
請還給我早晨叫醒我的那隻雄雞
哪怕已經被你吃掉了也請把骨頭還給我
請還給我半上坡上的那首牧歌
哪怕已經被你錄在了磁帶上也請還給我
請還給我

我與我兄弟姊妹的關係
哪怕只有半年也請還給我
請還給我愛的空間
哪怕被你用舊了也請還給我
請還給我整個地球
哪怕已經被你分割成
一千個國家
一億個村莊
也請你還給我！

嚴力是一個畫家出身的詩人，跟北島差不多同輩，比北島年輕一點，是屬於朦朧詩中後期的詩人。他的詩跟朦朧詩很不一樣的，很明顯的一點是它帶有更強烈的後現代主義氣質，語言也更為口語化。

這首〈還給我〉是嚴力的代表作，以他的非常鏗鏘有力的排比句寫成，排比句是詩的大忌，但是如果用得好，在書寫政治主題的詩歌裡，大有用途。

嚴力這首詩的排比的鏗鏘有力，內裡卻是用門、雞、歌這些最日常、最平凡的事物來串起，中和了表面的排比句咄咄逼人的那種鏗鏘，成了一首反咄咄逼人的詩。

這首詩不斷地列舉出謬誤，不斷地指出這個世界應該有的樣子。首先他需要一扇門，這門很堅決，是沒有裝過鎖的門，它不是鎖上了被打開，也不是被一腳踹壞的門，而是根本是沒有鎖的門。就算門內外沒有東西，他也需要這扇門，因為這扇門象徵了他有一個出走的儀式，推門出走，他要有這一個自由。

接著第二句是他最有名的一句了，能夠讓我啟蒙覺醒的那隻雄雞，它象徵了某一種精神，在早晨把我們叫醒的這隻雄雞，雖然很可能已經被你吃掉了，被某種力量吃掉了，但你可不可以把骨頭還給我？因為這隻雄雞最重要的就是它的骨頭，骨頭就是硬骨頭，是一種精神的力量，我有了骨頭，一樣可以成為這隻去叫醒別人的雄雞。

而有了出走的自由，有了叫喊的自由，我就要藝術的自由，這個「藝術的自由」

當時創作藝術的人面臨著什麼呢？面臨把歌錄到磁帶上而且很可能是要拿去銷售的，這首詩寫在八〇年代，商品意識開始出現在中國大陸，音樂慢慢商品化，變得可以私有化了。

但是嚴力說，我要的是山坡上那首牧歌，不是磁帶上的牧歌，就算你錄在了磁帶上，你也要還給我，這是反對藝術的商業化，而且從一個無政府主義者的角度來說，它天然也是反對這種通過商業對藝術的壟斷的。

「還給我和我兄弟姊妹的關係」就非常有意思了，我猜測這首詩寫作的時候，可能是「計劃生育」實施不久。計劃生育的實施在某個程度上，抹殺的不只是人，還抹殺了一種傳統的倫理——兄弟姐妹沒有了。這種破壞是對人的基本家庭，一種人與人的親密關係的破壞。

那再上升一層，他談到愛了，「還給我愛的空間」，不是說這愛的空間被弄壞了，也不是說這愛的空間就徹底成了恨的空間。嚴力是經歷過六七十年代的人，他所面臨的是一個充滿了恨意的空間，但他說更可怕的是愛被用舊了，為什麼呢？

多少東西假以愛的名義而進行，比如說愛某種概念、某種目的、某種行徑，都冠以愛，但是愛這樣是一種濫用。

愛最基礎的就是人與人之間的愛，而不是人與某個概念之間的愛，或者說人與某個集體之間的愛。政客不斷地用這個「愛」字，把它用得殘殘舊舊的，詩人說能不能還給我，讓我把它重新變回我所期待的愛呢？

最後是非常的天真，但是又是非常有力的一個祈願，這個祈願我們可以說它是和平主義者的祈願。地球已經被分割成一千個國家，一億個村莊，但對於一個真正的地球人來說，地球就是那個圓形的整體。

各位看過一種關於世界末日的紀錄片嗎？世界末日之後，首先消彌的就是那些人為的種種道路、種種鴻溝、種種分割，那樣才是一個真正的地球，人類的一切爭端，一切戰爭都是從這分割而來的。如果星球回到整體，就談不上這種爭端了。

這裡帶出的是一種背水一戰的抵抗，它不斷地說，哪怕，哪怕，哪怕，就是無論你怎樣把我推到極端，我都能在絕境裡逢生，在絕境裡找到回旋的餘地。

因為失去了一切的人，是無所畏懼的人，因為他不再害怕，還有什麼可以失去，所以他能從廢墟裡重新開始。

37 如果星空不再召喚道德律

政治與個人有關嗎？時代昏昧時，為何往往倒催生出沉默的大多數？

本文以曼德爾施塔姆的〈我在屋外的黑暗中洗滌〉為例，討論沉默是如何到來的。

關於詩和政治，上個世紀最年輕的諾貝爾文學獎得主——俄羅斯詩人布羅斯基說過這麼一句話：「文學必須干預政治，直到政治不再干預文學為止。」

這個干預當然不是跟它肉搏，或者要文學家去參政。而是說我們要對政治當中的健康和不健康的因素都同樣保持敏感，然後在我們詩裡傳達我們感受到的這些因素。因為這些可能跟我們的未來有關，很可能它會像滾雪球一樣，從一個輕微的政治現實，慢慢地滾大成一個民族、一個國家、整個世界的命運。

今天分享的一首詩是布羅斯基非常喜歡、崇拜的詩人，其實也是我最喜歡的俄羅斯詩人：曼德爾施塔姆。

這首詩的寫作背景是十月革命發生不久。一九二一年曼德爾施塔姆的最好的朋友，也是當時俄羅斯的一個著名的詩人古米廖夫，被以「反革命」為名處決了。古米廖夫是著名詩人阿赫瑪托娃的丈夫，曼德爾施塔姆、阿赫瑪托娃、古米廖夫曾經被稱為俄羅斯「白銀時代」最著名的詩人，他們自稱為「阿克梅派」。最好的朋友被處死了，知道了這個消息之後的曼德爾施塔姆寫了一首非常冷峻、但非常令人動容的詩，這首詩就是我說的一個詩人對大時代的敏感，對政治中悸動著的種種可怕的東西的敏感，然後他嘗試呼喚他的讀者去警醒。

這首詩叫〈我在屋外的黑暗中洗滌〉。

我在屋外的黑暗中洗滌
天空燃燒著粗糙的星星，
而星光，斧刃上的鹽。
寒冷溢出水桶。

大門鎖著，
大地陰森如其良心——
我想哪裡也找不到
比這清新畫布更純粹的真理。

星鹽在水桶裡溶化，
凍水漸漸變黑，
死亡更純粹，不幸更鹹，
大地更移近真理和恐懼。

這個譯本是詩人黃燦然所翻譯的，非常忠實於我所讀到的布朗和默溫的英譯，這個翻譯版本近乎完美。

原作裡的意象有著一種像寒冬裡的空氣一樣的清新，而在中文裡，我們也能感到這種清晰。這種高度清晰的對悲劇的注視，讓我想起曼德爾施塔姆的同代人的兒子——導演塔可夫斯基的電影鏡頭。

塔可夫斯基被視為一位詩意導演，他的電影被稱為詩意電影。實際上，它也是政治的電影和歷史的電影。

他拍攝母親那部電影叫《鏡子》；他拍攝一個藝術家在沙皇時代的掙扎，那是《安德烈．盧布廖夫》；他拍攝一個抵抗法西斯的年輕小士兵，在大時代裡面怎樣忠於自己的命運，那是《伊凡的少年時代》。

他將詩意用非常清晰有力的鏡頭結構呈現，就像曼德爾施塔姆這首詩裡的意象轉變一樣。我們可以看到詩人既艱難又非常決絕地去面對俄羅斯命運的巨變，而這個巨變折射在每一個俄羅斯人身上，尤其折射在他剛剛因為十月革命死去的朋友古米廖夫身上。

這首詩由一個非常戲劇化的意象開始，一個人在黑暗中走出戶外，在寒冷的俄羅斯，在戶外快要結冰的水裡面去洗東西。他並沒有寫他在洗什麼，可能是他亡友的衣服，也可能是這個國家的罪惡和悲劇。

同時在天空上的星星燃燒著，但那竟然是粗糙的。我們所接觸的星星，都是精緻的、優美的，像亞里士多德說的——星空是像和弦一樣是一個奏鳴著的東西，所以在古代西方理性裡面，星空是絕對不會是粗糙的。

哲學家康德有一句話說，能夠永遠喚起他的敬畏的，只有他心中的道德律和天上的星空，就是因為有了心中那種良心，道德律的存在和天上不斷地看著我們的星空，就是「人在做天在看」這麼一種來自形而上的終極意義的一種壓力，使人能成其為人，人能夠受自己的良心所制約。

但現在這個星星燒著了，變得粗糙了，而星光落在水桶裡面，落在我正在洗的水裡面，它變成了一把斧頭上的鹽，這把斧頭也許就是奪走我的朋友的性命的那把。

但既然星光變成了斧頭上的鹽，那我們倒推一下這個意象，那鹽所依附的斧頭呢？就跟這個黑夜一樣，它是不分青紅皂白地降臨下來的，沒有任何人能夠逃過黑夜，也沒有任何人能逃過這把斧頭，這是一種不分青紅皂白的殺戮。

但是鹽留下來了，鹽是什麼？前面講痖弦的〈鹽〉這首詩的時候，我們就說過，鹽是人當中的精英，精英被殺害，精英依存在利刃上面，不得不存留在那裡，無論生還是死，這種時代的昏昧的政治狀況慢慢變成了一種寒意。

這寒意從水桶裡面冒出來，鹽融化在水裡面，水會慢慢變黑，就跟黑夜降臨在們大地上，大地也慢慢變黑一樣。大地變黑了，詩人用了「陰森」這麼一個詞。

因為大門鎖著了，我們回不了家，我們回不到作為母親的大地的懷抱裡，大地它不再敞開接納我們，就像剛才說的星空不再呼喚道德感，兩者都不再庇護我們，於是我們的良心也昏暗了，也陰森了。

但是對於詩人來說，這正是真理浮現的時刻，死亡變得純粹，人的不幸染上了鹽，每一個人都跟精英的死亡發生了關係，這個不幸不是一個人的不幸，是整個時代的不幸。

它不斷地加劇著，但我們睜大眼睛去看，我們看到的除了恐懼，我們還能看到這個時代的真理。死亡漸漸跟這個我們身邊的冰凍的水融合了，像鹽一樣，漸漸地成為這個民族的集體記憶，這將在未來成為我們漫長的懺悔和漫長的救贖，這個洗滌的動作就是一個渴求救贖的動作。

這裡我要補充一下，殺戮者的洗滌和受害者的洗滌是不一樣的。殺戮者的洗滌，就像莎士比亞的戲劇《麥克白》。麥克白夫人唆使丈夫殺人之後，她著急著去洗手，結果她越洗手越紅，那盆水慢慢地變成了一盆血水，人只要犯了罪，那是永遠洗不掉的。

而受害者的洗滌是為了什麼呢？是為了還原那個沒被血污染過的人，為了還原我們死去的朋友的本來面目，為了還原歷史的本來面目。

德國戲劇大師布萊希特寫過這麼一句詩，他說「這是個什麼年代，關於樹木的交談都近乎等於犯罪，因為它牽涉對於太多罪行的沉默。」

我們大可以交談樹木，交談花朵，交談這個世界美麗的東西，我們已經交談了許多，所以我們現在來談談我們所不能沉默的東西。

我希望我們還能繼續交談下去，關於那些不能讓我們沉默的東西，和那些試圖讓我們沉默的東西，我們就回贈他們一首詩吧。

38 來自農耕文明最後的抒情

詩人是否應當清心寡欲，人間煙火與詩意又是否對立？圍繞著這些問題，本文將以海子的〈日光〉為例，訴說一種來自凡塵的詩意。

我談了各種讓人眼花繚亂、複雜奇怪、驚世駭俗的詩意，臨近尾聲，我要談一談世俗的詩意。

世俗的詩意其實也是屬於凡塵的、質樸的詩意，在講這種「質樸的詩意」之前，先來看我們對世俗的一種誤解。

我們覺得世俗肯定是要亂其心志，令寫詩的人沉溺在其中的一種頹廢的東西。尤其當我們相信詩歌是一種精神活動的時候，就會不期然地把它跟最形而下的吃喝玩樂、衣食住行對立起來。

更別說那種勞動人民的，在泥土裡打滾、在風雨中來去的生活，好像都被排斥在詩以外，或者說被排斥在我們所想像的詩人的生活以外。

有兩句詩我特別喜歡，雖然一時找不到出處，是很久以前一位香港的詩人講給我聽的兩句詩：「一夢繁華覺，打馬入紅塵。」

繁華的這麼一個夢境，南柯一夢，我們突然醒來了，「一夢繁華覺」，但是覺醒了以後呢，我們並非就要去超凡出世，沒有，我們反而迫不及待地牽過我們的馬，高速地跑回紅塵中去。

這多麼弔詭啊！你不是作了一個繁華的夢？你不是應該覺悟嗎？你不是應該像宗教修行上那樣，要出凡入聖了嗎？為什麼還要入紅塵呢？

這個跟中國詩歌裡面特別強調的「經驗」有關，跟入世有關，當然，也跟接踵而來的超驗與出世都有關。

「打馬入紅塵」是為了趕緊去看一看自己夢裡面的世界，有多少真實在裡面，我的夢是不是白夢一場呢？對於很多人來說，真的是大夢一覺，好像一輩子就作了一個夢，就算了，到最後也許是一種頓悟。

好多人以為人生就是一種頓悟，以為自己悟得了人生虛無之真諦，其實哪有這麼簡單的頓悟呢？甚至很多教徒，我都不認為他們的頓悟能夠這麼簡單得來。

沒有徹底地體驗過你要批判的，或者說你要唾棄的那種生活，你談何頓悟呢？你從來沒有風流過，談什麼清心寡欲，坦然地面對自己的欲望呢？

所以很多高僧的禪詩，反而會經常用一些跟情色、跟風流韻事有關的比喻，去比喻一個人的覺悟，其實兩者是密切相關的。

接著要講的這位是我們肯定不能繞過的一個詩人，那就是海子。

海子是過去三十年來（他已經去世三十年了）中國詩歌裡，最擅於寫農村的人。他出身農村，但他的詩，那種力度、那種狂妄的想像力、那種高遠的超脫，看起來卻是很不農村的。

但當他寫到農村的時候，他是最深情的，而且是最能深入農業文明的某種精神內核，真正地挖掘農業文明的光芒在何處，所以他被稱為中國農耕時代的「最後一位抒情詩人」，就像俄羅斯的葉賽寧一樣，他所寫的必然是哀歌。

海子身處八十年代末，九十年代初一個時代的巨大的斷裂衝擊之下，他寫出了非常強有力的一首農耕時代的輓歌，下面我跟大家分享他的一首短詩〈日光〉，是我最喜歡的他的一首短詩。

梨花

在土牆上滑動
牛鐸聲聲
大嬸拉過兩位小堂弟
站在我面前
像兩截黑炭
日光其實很強
一種萬物生長的鞭子和血！

這首詩當我用廣東話讀的時候，我刻意用了一些口語、俗語，把它改編了一下，因為我突然發現，這個遠在安徽農村的孩子，他所書寫的北方黃土文明裡的農村，跟我小時候所經歷的華南、嶺南一帶的農村有它相似的地方，那種熱辣辣的生命力，那種潑辣勁。

你看太陽在這裡是相當毒辣的，但這個毒辣呢，萬物是歡欣地去迎接他的，何以見得？就從前面所寫的「梨花」和「牛鐸」，「牛鐸」就是掛在牛脖子上那個牛鈴，這兩個其實是光的一種通感。

首先，我們看到這個梨花，它不是靜止的，它是在牆上滑動的。就像太陽光的白色光斑一樣，隨著太陽的運轉，它在土牆上面也是不斷地變化的，而且最關鍵的是「土牆」，不是在什麼玻璃木牆，不是在什麼水泥混凝土上，而是在一面最質樸的土牆。

這個土牆，它跟日光之間發生了一種化學反應，好像直接就在牆上催生了這些梨花一樣。然後牛鈴的聲音是清脆的，清脆是因為它是隨著牛的腳步，一步一步、一顫一巍地傳送到我們耳邊，就跟陽光一樣，它是帶著一種節奏感的，而且這種節奏感來自於勞動。

接著被陽光打動的，當然還有這個回鄉的「我」，下面這兩句的小場景呢，其實是可能每一個從農村出來到外地上學，然後放假回鄉的時候都會有所經歷的——兩個小堂弟，作為農村的代表，作為詩人出身的一個隱喻，站在了他的面前，像兩截黑炭。

其實這兩截黑炭呢，用黑來比喻光，非常的強有力，類似的比喻我只在《荷馬史詩》裡見過，《荷馬史詩》裡面說太陽是「阿波羅從雅典的山上往山下走下來，就像黑暗降臨一樣。」

沒有人有這麼大膽，拿完全相反的東西做比喻，拿黑暗比喻太陽神，這裡拿黑炭來比喻日光，不只是日光，而且是農村，整個農業文明的一雙炯炯的目光，它逼視著我們的詩人，我們的詩人也坦然地接受它的逼視，然後這目光好像在陽光下燃燒起來了，最後把人的生命變成了兩截可以繼續燃燒下去的黑炭。

而被這種目光所逼問的人，其實同時接受著陽光的再次洗禮，才能得出最後這一句話，陽光是鞭子和血，鞭子是呼應牛的，血是呼應牛和梨花兩者的，當然，這也同時是鞭打在我們身上。

一個出身於農村的詩人海子，他本身帶著一種負疚感——我如何能回饋我的鄉村？就像鞭子抽打在他身上的時候，他覺得他要把全部血脈，全部血都賁張起來，讓自己的強大意志生長起來，這才對得住自己所離棄的農村。

的確，海子通過他的詩他的生命，通過他後來的影響，他對得住生他育他的鄉村。中國詩歌是經驗的詩歌，所有句子都脫胎於自己，詩人對美，繼而對真和善的體驗，但首先，東方詩歌的第一出發點是美。

對美有所感應，你要再去追尋美背後的真和善，這就是經驗轉化為詩的一個過程，然後當你有過這種轉化以後，你才能去尋求超驗。

超驗是西方的哲學概念，但中國詩歌沒有去強調自己怎樣超驗，但實際上，它通過對經驗的深入，而自然而然地去了一個超驗的境界，也就是說，通過入世而真正地做到出世。

你看古代那麼多詩人，他們去做官，去打仗，去從事宗教活動也好等等，或者說剛剛相反，像杜牧、李商隱，出入於聲色犬馬之中的也大有人在，為什麼呢？他們如此入世，正正是為了淋漓盡致地去看看這個世界如何，然後才能給出一個如何出世去看，回看這個世界的可能。

不過，真正世俗的詩意的取向最後會走向非常質樸，同時也是非常健康的一種詩意，無論它乍眼看起來寫得是多麼土，或者說是多麼鄉下，帶著泥巴氣味也好，但實際上，它在追尋的是一個人的本來面目。

追尋這種本來面目的過程，也許是經過了繁華的洗練，他就是在這個大時代的變遷裡猛然抽身而出。

39 在世俗的雨裡

世俗生活，可以是雞毛蒜皮的，但有的詩人卻能在雞毛蒜皮中發現閃耀的價值，甚至是人生的覺悟。以宮澤賢治的〈不輸給雨〉為例，談世俗詩意。

世俗可以是雞毛蒜皮的，可以只是低下地追求著最簡單的欲望滿足，但它也可以是豐盛、提供各種滋養的。

而詩人的關鍵是在這滋養中去辨別哪些是適合自己的，並且將其結構起來，提示出雞毛蒜皮當中一些閃耀的價值。

這次要跟大家分享的詩人，是宮澤賢治。

日本有一本影響力很大的童話《銀河鐵道之夜》，曾被改編成漫畫、動畫等等，也有過很多中譯本。

為人父母的，可能給小孩買過讀過，或者自己小時候也聽說過這麼一個故事。最早宮澤賢治在華語世界是以童話作家知名，直到這兩年才開始有他詩作的中譯本。但在日本他既是童話作家，又是大家很佩服的「國民詩人」，他的詩能夠感動最普通的人。他也寫過非常複雜的詩，要從宗教、哲學、神秘學等角度去研究的詩。

本文選讀的是他最著名的一首詩。這首詩知名到什麼程度？幾年前，日本福島大地震引發海嘯，我在電視新聞上看到一個鏡頭，那是個人員被撤離了的教室，黑板上還留著老師講最後一課所寫的板書，上面就是這首〈不輸給雨〉（顧錦芬譯）。

不輸給雨
不輸給風
不輸給雪和夏天的忽熱
擁有強健的身體
沒有欲望
決不發怒
總是靜靜微笑著
一天吃四杯糙米

味噌和少許蔬菜
所有事情都不考慮自己
好好看仔細聽並且去了解
然後不忘記住在原野的松樹林蔭下
的小茅草屋
若東邊有生病的小孩
就去照顧他
若西邊有疲累的母親
就去替她砍稻束
若南邊有瀕死之人
就去告訴他「不必害怕」
若北邊有人吵架或訴訟
就告訴他們「沒意義，算了吧」
乾旱時節流淚
冷夏時慌亂奔走
被大家叫做木偶

不被讚美

也不讓人感到苦惱

我就是想成為那樣的人

這首〈不輸給雨〉，宮澤賢治最早是寫在一張便條紙上，他用鉛筆寫在上面，那是他晚年最終的覺悟。

這首詩先寫到的，就是大自然的嚴酷。面對大自然的嚴酷，詩人說他不輸給雨，不輸給風。那不是我們習慣的要「敢教日月換新天」——那種人類中心的、想改造自然的狂妄。說我不輸給你，不代表我要打倒你、要跟你為敵，很可能說的是我跟你一起成為大自然的一部分。

所以詩句中的不輸給雨，不輸給風，其實是跟自然的風雨並肩站立，以便讓自己擁有強健的身體、沒有欲望、絕不發怒這麼一個跟大自然一樣結實的人。

其實，這就是所謂文明的人類以外的世界的原始狀態，很多動植物都可以做到這個境界，強健的身體，沒有欲望，只有大自然賦予給它的食欲、性欲，沒有更多的占有物質的欲望，也不輕易發怒。

動物如此，植物就更加是了。人卻要經過很多修煉，才能重新回到這樣一個安穩自在、泰然自若地存在天地間的一種靈魂。

宮澤賢治接著描述他自己每天是怎樣生活的。他的生活看似世俗，非常簡單，但實際上世俗之人也未必能做得到——吃四杯糙米，吃一點蔬菜、味噌，凡事不考慮自己等等。

宮澤賢治生活在日本北部農村，一個比較貧窮的縣。他雖然出身還算好，比較富裕，但他看到身邊農民的悲慘生活，便選擇去學農業科學，念農學系。畢業後，他自己組織一幫志同道合的人，建了一個小農場，試驗各種農業革命，也幫助了很多農民，教會了他們很多科學知識。

他周圍身邊都是當時的日本農民，可想而知是他們想事情很簡單，就像他所寫的經常吵架又訴訟，往往擔心著死亡。

實際上，在城市裡這一切也是會發生的——疲累的母親、生病的小孩、害怕死亡的人，吵架、訴訟也比比皆是，並不是農村才有的情景。

但是在農村裡，解決這些問題的方式更要身體力行，要依賴宮澤賢治這樣的一個人。他沒有奢談該怎樣改變農村世界，怎樣發展運動或思想改造，他沒有這麼想。他只說要改變自己，把自己改變了，自己成為那個新人，然後才能去介入這個世界，讓整個世界新生。

宮澤賢治改變這個世界的方式，都是非常樸素、親力親為的行動。母親疲累了，他沒有喊什麼女權問題，而是直接跑過去幫她扛起稻束。

有人吵架訴訟，他也沒有要將事情上升到階級鬥爭，只是告訴他人世間有更多有意義的事情，這些東西沒有意義的，算了吧。

最後，他有一個對自己非常嚴格的批評，他承認自己有無助的一面，感嘆的時候會流眼淚，當夏天出現「冷夏」這種違反自然的情況時，他也只能是慌亂地奔走。

大家以為他是一個木偶，實際上他只是順應天，順應自然，自然如何，他就在自然當中如何成長，最終我們所有人都會跟自然融為一體的。

前面他說到的那間小茅屋，他說「然後不忘記住在原野的松樹林蔭下／的小茅草屋」，這間小茅草屋不是人住的地方，而是獨自就在原野裡的，這個小茅草屋其實就是他的形象，宮澤賢治自我形象的一個投射。

他擁抱自己，像個屋子一樣先接納了自己，接著去接納別人，不只接納別人，還接納春天的萬物，接納所有事物的矛盾，而不只是接納他們的美好。

用這樣寬廣的心，把所有成熟的東西都放到自己的內心中去，然後，他不需要人稱讚，也不要惹怒別人，這就是我們所說的安貧樂道。

他知道了自己的「道」，在其中自得其樂。他跟宗教聖徒和那些革命領袖最大的不同在於——他甚至不需要光環，他就是這麼一個小茅草屋。

40 尋找詩意的路上

詩究竟是可解釋的，還是不能？到最後，如果再反問，詩的魅力何如，要怎麼回答？

本文將以淮遠〈跳虱〉和邱剛健〈賦格：聽巴哈〉為例，分享無解的詩意。

最後要跟大家講的是無解的詩意。

過去的幾十集裡面，我都在不斷地給大家去解釋詩，其實詩當然是可以解釋的，但詩要是都解釋了，那就索然寡味了。

因為詩永遠是在說出與不說出之間來製造一個想像的空間，來打開你們自己的心眼。讓你們在這詩沒有定解的地方，所謂詩無達詁，在這個沒有定解的地方才能衍生出許許多多的解。

所以有的詩進入了化境時，它索性是無解的。但是無解的詩，我們又如何去感受它呢？這就是我們最後一課，我想留給大家的這麼一個出口。

在這個出口裡面，我們去看看，它到底開了多少窗戶，在這個迷宮裡面，我們看看它有多少交叉的、「錯誤」的道路，或者說是旋轉循環的道路。

實際上，對於一個真正的迷宮愛好者來說，沒有一個道路是錯誤的。迷宮的樂趣正在於迷失，那詩它的樂趣是要解讀它呢，還是不解讀它呢，我覺得恰恰在這兩者的平衡。

在解讀它的時候，發現那不可解的部分，讓我們讚歎；在不可解的部分裡面，我們看出解讀的可能性，我們跟作者心有靈犀，這種快樂對於我來說是無與倫比的。

首先我要跟大家分享一首，來自香港詩人淮遠的詩，淮遠是香港著名的「怪」詩人，「怪」散文家。大家可能也看過黃燦然是最早介紹他的散文好處的。

他寫詩沒有他寫散文那麼多，但他對兩者都是一種好像是放肆的態度，你在他的散文裡面能感覺到這種放肆，在他的詩裡面可能感覺到更加微妙。

但這種微妙呢，來自於他個人的非常的清醒，他早年有一本限量非賣品詩集，叫《跳虱》。那我現在就要給大家讀的，就是他《跳虱》這本詩集裡的點題作，這首詩寫於一九七〇年代，當時淮遠才是一個二十出頭的小伙子。

我看見一群跳蝨攀附著風
風說我不想帶著塵埃旅行。
風說的對
事實上跳蝨和塵埃一樣
但牠們說：
我們想你吹掉
我們身上的塵埃。

淮遠的詩總是有這麼一種冷幽默，其實永遠都會帶有一種憂傷，而這種憂傷又是說不清道不明的，你讀著笑一笑，後來又覺得惘然若失。

那到底是怎麼回事呢？其實是因為他說中了世界的某一種真實的面目，才能讓我們心有戚戚焉。

淮遠的作品都是神龍見首不見尾的，這一首也是，他彷彿帶著一種冷眼旁觀的身份，冷不防向你抛出一個包袱，讓你乾笑幾聲，然後又沉默了，因為你都不知道為什麼自己會笑，為什麼自己會沉默。

其實這首詩是一首非常辯證的詩，但這種辯證跟什麼馬克思主義那種辯證，辯證唯物主義那種辯證很不一樣，這是一種偽辯證。

我說它是偽辯證其實是在贊美它，這是一種主觀的辯證，這種主觀的辯證就把我們帶進詩人的邏輯裡面去，進入了他的世界，然後去面對他所營造的荒唐。

所以這注定是解不開的，因為它只有辯證的樣子，實際上，它甚至是反辯證的。

我能提示大家的是，這首詩它帶給我們三個視角的轉換。

第一，是我，我的視角，我看見一群跳虱在風中飛，但事實上跳虱多小啊，我們怎麼可能在一片風裡面還能看一群跳虱呢，這是一個非常超現實的，或者說可能是種感受，或者說是一種隱喻。

第二個角度，是風的角度，風很單純，說在他眼裡，所有這些小小的攀附著他的，「攀附」是整首詩裡面唯一帶有一點褒貶色彩意味的動詞，暗示著詩人這個「我」呢，其實是蠻不喜歡這些跳虱的。

但是風也厭惡它，我也厭惡它的時候，到最後一段，跳虱出來，推翻你們的厭惡，跳虱說，其實我才是主角，我身上有沒有跳虱呢？我身上有沒有塵埃呢？我在那風裡，難道是我想成為塵埃嗎？我不過也是想風吹走我們身上的塵埃。

讀到這裡的時候，不妨反思一下，那個「我」其實身上也是有一群跳虱，想要風吹走跳虱，才寫上這樣一首詩呢？我、風、跳虱都覺得自己是世界中心，其他人都是多餘的，但我們到底是跳虱，還是風，還是原本的那個「我」呢？

這首詩沒有給答案，你可以選擇自己去代入。

接下來這首詩，是另一個香港怪人邱剛健的詩。邱剛健不完全算香港人，他是福建出生的台灣人，後來來了香港，又去了美國，又去了北京終老。

他還是個著名的編劇，得過金馬獎，編寫過很多著名的電影，自己也拍過電影。他編導過非常奇怪的古裝情色片《唐朝豪放女》、《唐朝綺麗男》那樣的電影，他用情色去進行實驗。

他晚年寫了大量的詩，其實他早期也寫過很奇怪的詩。早期詩作跟淮遠挺像的，帶有強烈的反叛精神、諷刺精神，針對越戰、六十年代的文化那樣的詩。

到了晚年，他的詩作帶有強烈的東方色彩，有種邪邪的味道，或者說帶有一種深到骨子裡的凄美、凄絕。

下面我選了邱剛健的〈賦格：聽巴哈〉，這首非常特別的詩，當作最後一首分享的詩。

是如何其的夜

是何夜如其
是夜其何如
是其夜如何
是如夜何其
是其何如的夜
是夜何如其
是何其如的夜
是夜如其何
是何夜其如
是如何其夜
是其如夜何
是夜何其如
是如夜其的何
是何如其的夜
是其夜何的如
是夜如何其

這首詩，幾乎把詩寫成音樂了。詩人聽著巴赫的賦格曲，賦格就是不斷變奏的聲部，造成了一種綿延無限的效果。

其實，邱剛健這首詩是對《詩經》裡《小雅》有一首叫〈庭燎〉的詩中的一句「夜如何其？夜未央」的變奏，「夜如何其？夜未央」的意思就是問說現在夜到多夜了，那個人就回答他，夜是還早呢，沒窮沒盡的，天色還沒亮呢。

據說那是周宣王所寫的，講周王早晨上朝之前跟報時官，就是負責看時間的人的對話的詩，寫宮廷早朝的景象。

但我覺得邱剛健寫這首詩，跟我今天讀這首詩給大家聽的用意是一樣的，這是首告別的詩，邱剛健是得了絕症而死，也許是在他知道自己即將離開大家，離開愛人，離開讀者觀眾之前，寫了這首詩。

這首詩無窮無盡地去變化「夜如何其」，就好像我們永遠願意蕩漾在這夜色之中，永遠不想天亮，就像李白寫「秉燭夜遊」，珍惜時光。我們能在這個茫茫黑夜裡漫遊，其實是幸福。

詩也是這樣，這系列的詩歌課也是這樣，這裡是出發點，不是終點，祝大家在尋找詩意的路上，在寫詩與讀詩的路上，永遠迷路下去，不要走出這個大迷宮。

後記
未之詩也，夫何遠之有？

三年前梁文道找我構思一個關於詩的課程時，我首先想到的，是現代人對現代詩的疏遠，這簡直像一個反諷，正所謂「文章合為時而著，歌詩合為事而作」（白居易〈與元九書〉），詩人們並沒有放棄他們的時代，為何時代卻難以理解它的詩人？

此外，同代人慣於責備詩人，甚至不願費心思考詩與現實之間所謂的鴻溝是怎樣被臆想出來的。於是我想，我不妨做一些努力，在這臆想的鴻溝上架一些輕盈的虹橋，因而有了本書的雛型：「看理想」計劃中的現代詩課程「詩意：關於新詩的三十種註腳」。

「詩意」課程有兩個形式上的特色，一是大部分是我根據主題「脫稿」（其實無稿）的演講；二是我全用母語廣東話朗讀我所引用的詩。

首先我要感謝創作這些名篇傑作、讓我得以賞析的詩人前輩及朋友，部分未有機會告知的詩人，希望日後我有機會面謝；其次感謝文道和他的團隊，尤其是編輯何艷玲，她為了將課程語音整理成文字，做了非常認真的工作；最後也是最重要的，感謝美瑤和新經典的團隊，你們和我一樣，依然相信人們感受詩意的能力在這個時代並沒有淪喪，只是因為大家行色匆匆而輕易地與詩擦肩而過。於是我們做了這本書，為了在這個一切都在疏遠的時代我們可以因詩而親近。

未之詩也，夫何遠之有？我們一起來讀詩寫詩吧。

文學森林 LF0144

玫瑰是沒有理由的開放

——走近現代詩的40條小徑

作　者　廖偉棠
封面設計　霧室
編輯協力　詹修蘋、陳子謙
行銷企劃　羅士庭、楊若榆
版權負責　陳柏昌
副總編輯　梁心愉

初版一刷　二〇二一年五月十日
定價　新台幣三六〇元

ThinKingDom 新經典文化

發行人　葉美瑤
出版　新經典圖文傳播有限公司
地址　10045臺北市中正區重慶南路一段五七號十一樓之四
電話　886-2-2331-1830　傳真　886-2-2331-1831
讀者服務信箱　thinkingdomtw@gmail.com
臉書專頁　http://www.facebook.com/thinkingdom/

總經銷　高寶書版集團
地址　11493臺北市內湖區洲子街八八號三樓
電話　886-2-2799-2788　傳真　886-2-2799-0909
海外總經銷　時報文化出版企業股份有限公司
地址　桃園市龜山區萬壽路二段三五一號
電話　886-2-2306-6842　傳真　886-2-2304-9301

玫瑰是沒有理由的開放——走近現代詩的40條小徑／廖偉棠著. -- 初版. -- 臺北市：新經典圖文傳播有限公司, 2021.05
336面；14.8 x 21公分. --（文學森林；YY0244）
ISBN 978-986-06354-1-6（平裝）
1.新詩　2.詩評

863.21　　110005327